バッコスの民

圭は強引にマッサージを始めてしまいながら、
石田さんに話しかけた。
「もうしわけありませんが、
富士見町の玉城整骨院に電話をして、
至急ここへ往診に来てくれるよう
頼んでいただけますか」

バッコスの民

—富士見二丁目交響楽団シリーズ 第4部—

秋月こお

12038

角川ルビー文庫

目次

口絵・本文イラスト／後藤　星

フジミは踊る

六月十一日、火曜日……ああっ、もう零時過ぎちゃって十一日の火曜日！

あと十五時間後には、僕はフジミの定演に出るための成田行きに乗らなくちゃならなくて、日曜日には定演のステージに上がらなくちゃならなくって、でもまだ《チャイコン》はぜんぜん仕上がっていない！

どうしよう、どうしようっ！　って言ったって、いまさらどうにもならないよ〜っ！

昨日、圭《けい》のガラコンサートがあったブダペストから帰って来るなり練習に戻って、結局、明け方まで弾いた。そのあと四時間寝て、今日も一日がんばってみた。今夜も気力が保つかぎり徹夜で踏ん張ってみる予定。

でも《チャイコン》は、奇跡ねらいの数時間の悪あがきなんかで、なんとかなってくれるような相手じゃないんだよォ……

絶望だ。タイムアウトだ。僕は間に合わなかった。

もっとも、間に合う気でいたことのほうがおかしいんだけどさ。

そうさ……ははっ、たったの二か月で……それも集中した勉強ができた日は何日あったかって状態で、まともな突き詰めなんて出来たはずがないじゃないか。こういう結果になってしまうってことは、とっくに読めていてあたりまえだった。

それを、僕は……！　いまさらキャンセルなんてできない今日まで来てしまってから、やっと現実が見えてっ。

逃げたい、逃げてしまいたいっ、「ごめんなさい、弾けません」ってキャンセルの電話で逃げてしまいたい！　ニコちゃんはきっと「残念だけど、しょうがないね」って言ってくれるに違いないんだから！

板のように凝りきってしまっている背中のつらさに負けて、二十分だけ休むと決めて転がったベッドの上で、僕はそんなことを考えていた。

でも、こんな土壇場《どたんば》に来てキャンセルしたりしたら、多大な迷惑なんて程度じゃないよなァ……代わりのソリストを探すってなったら、M響さんの中の誰かに頼むしかないだろうけど、いくらプロだってこんな直前にお鉢をまわされたら、たまったもんじゃないよなァ……でもってM響さんに頼むなら、相場並みまでは無理でも、それなりのギャラを用意しないわけには行かないし。ニコちゃんはそっちの苦労もしなくちゃならなくて……

そもそも、日コン三位って看板しょっちゃって、おまけにエミリオ・ロスマッティの弟子なんて肩書きまでついちゃってる僕が、「弾けません」でドタキャンなんて、ニコちゃんは事情を察してくれても、ほかの人たちはどう思うだろうか。

楽しみにしてくれてた共演がだめになったって、がっかりされるだけならまだしも、僕がお高く止まって、芸術家ぶったわがままをやり始めたなんて思われちゃったら、いやだよなァ。

「……弾こう」

それしかない。やるしかない。どうにかちょっとでもましな演奏を持って帰れるように、時間ぎりぎりまで粘ってみるしかない。だったらのんびり休憩してる暇なんてない！

まだ十分とは転がっていなかったベッドから起き出して、はた迷惑防止のための弱音器をつけたバイオリンを取り上げた。

こわばりの解けていない背中の痛みを、曲げ伸ばしの運動でごまかして、バイオリンを肩にのせ、三楽章を弾き始めた。

ここの主題に取り入れられている、ロシアの民族舞曲であるトレパークは、おなじスラブ系ってことでハンガリーの舞曲と共通点があるみたいだけど、あれよりもっと『重い』感じがする。

ロシアって国の、ハンガリーよりもきびしい気候風土からして、踊り手のエネルギーの質みたいなもんが違うんじゃないかと思うんだ。

たとえばハンガリーでは酒はワインだけど、ロシアではウォッカだ。あの強い火酒をグイグイやらないと、とてもしのげないような寒さの厳冬を過ごす人々が、踊る舞曲……トレパーク。

そのあたりを、音色としても表現したいんだけど。いや、表現できなくちゃだめなんだけど……違うっ、まだ軽い！　まだ……まだ……あ、いやいやいや、こういう重さじゃないんだよっ、リズムはあくまでも軽快にだ。ただし踊り手は、筋骨隆々としたクマみたいにたくましいコサック兵のイメージで……軽々とリズムに乗ってるんだけど、踊りはヘビー級の迫力があって……

ってのを、なんとか音の質感として出したいんだけどねっ！

ああ、もうっ、弱音器がじゃまだ。でも、先生達はお休みのこんな深夜に、大きな音なんて出すわけにはいかないから……

くそっ、雑念は捨てろ。もう一回、アタマからだ。

何か所か、狙《ねら》ってるのに近い音が出てくれる個所がある。《雨の歌》の時の経験からして、そこが糸口なんだってことはわかる。

でも、まだ的を射抜けない。ビシッと来ない。僕の中での欲しい音のイメージが、まだいまいち曖昧《あいまい》だからだ。およそこんなふうなんてぼやけた感覚からじゃ、明確な音なんて引き出せない。

《雨の歌》の時の、あのピンッと悟った瞬間よ……来いっ。来てくれ、来てほしいっ！　ああっ、誰か僕に必要なインスピレーションを恵んでくれーっ。

ふと、コンコンというノックの音が耳に入って、そういえばさっきから何度か聞こえていたことに気がついた。

僕はあわててバイオリンを降ろし、ドアを開けに行った。

暗い廊下に立っていたのは、パジャマ姿のエミリオ先生で、どうやら僕は先生の安眠妨害をしてしまったらしい。

「も、もうしわけありませんっ、もうやめますので」

ところがエミリオ先生は、

「練習室でちゃんと音を出してしはったらエエて言いに来ましたんえ」

とおっしゃった。

「だいぶつかめてきはったみたいやし、そういう時にはガンガン弾かはらんとあきません。近所に遠慮なんかしはらんかてエェんよ」

そして、

「おいない《来なさい》」

と、僕を練習室につれて行った。

それだけじゃなく、ピアノの椅子《いす》にギシッと腰を下ろされて、

「してはった三楽章を弾いとぉみやす」

とおっしゃったのは、こんな真夜中にレッスンを⁉

でも、藁《わら》にもすがりたい心境で悶々《もんもん》だった僕としては、見ていただけるチャンスを遠慮する余裕なんてなくって。

「ああ、弱音器は外さはったらよろし」

「あの、でも奥様が」

隣は先生達の寝室だ。

「麻美《あさみ》さんは音楽家の女房やし、音楽家え」

という返事が返ってきた。

「あ、はい」

そうだよ、麻美奥様も福山《ふくやま》門下で勉強されたバイオリニストだったんだ。僕にとっては先輩ってことで、昼も夜も関係なく練習に没頭せざるを得なかった経験もされてるんだ。

僕は弱音器を外し、念のために調弦をやり直してから、まだぼやけている欲しい音のイメージに気持ちを集中させ、ソロの冒頭から弾き始めた。

イ長調に転調してソロが第二主題を提示するポコ・メノ・モッソに入ったところで、

「ん、ん、そこまで、そこまで」

と先生が止めを入れられ、椅子から立ち上がって僕の後ろに来られた。

何かと思ってたら、僕の肩を両手でモミモミと揉《も》まれて、

「ほーらほら、こんなに力が入ってしもてる」

アタッ、イタタタッ！

「そんな力んで弾かはらんかて、スラブらしい味は出てるさかい。なんやクマが力ずくで出すような音を目指してはる感じやけど、そういうふうに弾きたいて思たはんの？　うちは、ユウキ本来の繊細さとか緻密《ちみつ》さを生かさはったほうが、もっとくっきりしたトレパークにできると

思うえ」

「あーその、ハンガリアン舞曲より骨太な感じを出したいんです。でも、上手《うま》く行かなくって」

「力んではるさかいや。肩にギチギチ力を入れたかて、音の『力』にはならしません。もっと抜いとおみ、抜いとおみ」

「はい……」

バイオリンを構えて、意識して脱力をやってみて、たしかに肩に力が入ってしまっていたのを自覚した。筋肉によけいなこわばりを作らないのは基本なのに、いつの間にかすっぽ抜けてたんだ。

そして、無用に力まないという注意を頭のすみに置きながら弾いた二度目は、たしかにさっきよりも「近くなった」感じがした。

「そう、まだもっと抜いてもエェ。まだ気持ちに力みがあるえ。血管がリラックスしてたほうが、血はよぉめぐりますやろ？　力んだら、流れ出すはずの音を塞《せ》き止めてしまう。自然に、自然に、そう……」

エミリオ先生の教え方は、福山先生のレッスンと比べると『北風と太陽』みたいに正反対だった。

でも、レッスンをいただいていたあいだの緊張は勝るとも劣らないものだったようで、

「今夜はこれくらいにしときましょか」

というお言葉を聞いたとたんに、膝《ひざ》が崩れて床に座り込みそうになってしまった。

ふと見れば、窓の外の空は紫色に明け始めている。

「……ありがとうございました」

と心からお礼を申し上げて、よろよろと部屋に引き取った。

スラブの雰囲気が出てたってことは、僕のチャイコフスキーへのアプローチは、方向性としては間違ってなかったってわけで。突き詰めが間に合わなかった分は、「いまはここまでです」って開き直るしかなくって……

ふらふらの頭で考えながら、バイオリンはどうにかちゃんとケースに収めて、文字盤がよく見えない目覚まし時計をセットして、ベッドに倒れ込んだ。

その瞬間に爆睡しちゃったらしく、メガネをかけたまま寝た報いで、起きた時には目頭にくっきり鼻当ての跡がついていた。

九時に鳴ったはずのベルでは起きられなくて、ハッと目が覚めたのは十一時過ぎ。

おおあわての超特急で荷造りと身支度をやったけど、十二時の約束で拾いに来てくれた圭を二十分ちょっと待たせてしまった。

「ご、ごめん、お待たせせっ。飛行機、間に合うかなっ」

「十五時発ですから。充分間に合います」

エミリオ先生も麻美奥様もいらっしゃらなかったので、食堂のテーブルに『行ってまいります！』の置き手紙をして出かけた。

「成田に出迎えが来ているかどうか、賭《か》けない？」

という提案は、僕が言った。日本に近づくにつれて重くなる気分を、浮上させるようなおしゃべりがしたかったんだ。

圭は、

「平日ですから、それはないでしょう」

という見解で、僕は、

「イベント好きの五十嵐《いがらし》くんのことだから、大学サボって来てるんじゃないかな」

という意見。

「こういうチャンスは見逃さないだろうと思うんだけど」

「では、何を賭けますか？」

「そうだねェ……」

「定演翌日のオフ日の過ごし方というのはいかがです？」

「それって、負けたほうは勝ったほうの言うことを聞くってわけ？　いいよ、受けた」

「では、そのように」

　圭は勝算も企《たくら》みもありそうな顔で、ふくみ笑いをしながらうなずいた。

　僕は、何を企んでるんだか聞き出したくなったけど、どうせ圭は白状なんかしやしないから、話題を変えた。

「あのさ、今日の晩めしはどうしようか。帰りがけに買い物して作ってもいいんだけど、久しぶりだから『ふじみ』で食べるっていうのもいいかな?」

　いま、日本時間は六月十二日、水曜日の午後一時半過ぎ。……フジミの定演の四日前。

　あと三十分ほどで成田に着いて、電車で富士見町《ふじみ》の家まで帰って、とりあえず今日はゆっくりする予定だ。

　チャイコンはまだあと二十歩か三十歩ってとこで、どう焦ったって今回は、完成させた演奏なんて無理だから。今夜は早く寝る。

「出迎えがあるようでしたら、『ふじみ』で食事を共にして解散という流れになると思いますが」

「あ、うん、そうだよね。あー、なんだか、うまい塩焼きで白いごはんを食べたくなっちゃったなァ。干物でもいいけど。アジの開きとかさ」

「僕としては、賭けに勝ってきみを独占し、冷酒でもやりながら二人きりでゆっくり食事をするのが希望ですが」

「あはっ、そうだよねェ。明日からは連日練習で、晩めしは慌ただしいことになりそうだし、日曜日は打ち上げだし。でもってニコちゃん達のことだから、きみのコンクール入賞の祝賀会なんてのも考えてるぜ、きっと」

「日程的にいって、定演の打ち上げと兼ねる形にしてくれるのではないですか？」

「どうだろうなァ……それはそれとして、別立てでちゃんとやりたいと思ってるんじゃない？　僕だったらそう提案するよ。定演の打ち上げと兼用じゃ、ついでって感じになるじゃないか。そんなの、きみに失礼だもの」

「僕としましては、こちらの都合を打診していただけるのが、もっとも気のきいた心遣いなのですが」

「まあ、きみは賞を獲りたてほやほやの凱旋《がいせん》なんだから、あれこれ覚悟しておくんだね。あ、そうそう、取材も来るかもしれないよねェ。ん？　あ、待った待った、M響の事務局に報告に行かなくちゃいけないんじゃないかい？　それと、成城《せいじょう》のお祖父さんのとこにも」

　圭は軽くため息をついて言った。

「ええ、明日の昼間はあいさつまわりでつぶれそうです」

「芸大の先生のとこにも行くよね？　ええと、南郷《なんごう》先生だったっけ？」

「きみは、明日の予定は？」

「あー……午前中に福山先生のところへ顔出しして来ようと思ってる。大学のほうへさ。そのあと弦道《げんどう》さんのところへ、弓の張り替えをしてもらいに行って、受け取って帰る」

「では、弓ができるのを待つあいだの時間が空きますね。どこかで待ち合わせをしませんか。僕は上野《うえの》と泉岳寺《せんがくじ》に行く予定です」

「あーじゃあ、弓を頼んだら『サフラン』にコーヒー飲みに行っとこうか?」

僕がしばらくアルバイトでいたことがある喫茶店『サフラン』は、泉岳寺にあるM響ビルのすぐ目の前で、

「そういえば遠藤《えんどう》は、まだ続いてるのかな」

「四月の段階ではいましたがね」

「じゃあ、きっとまだやってるよな。うん、仕事ぶりを覗《のぞ》きに行ってやろう」

という暇つぶしもできる。

「職場参観ですか?　保護者の」

「え?　あははっ、べつに保護者じゃないけど、それとなく気にはなってるよね。っていうか、ほんとはもっとちゃんと気にしてやらなくちゃいけないよな。

それを放っぽりっぱなしみたいにしちゃってて。一応、責任あるのにさ、彼に対しては」

「どんな責任があると言うんです?」

「だから、高校やめて『サフラン』で働くようになったこととかさ」

「それは彼が自分で決めたことでしょう。もともと、当時すでに学校はドロップアウトした格好になっていたのですし。あるというなら責任ではなく恩でしょう」

「ああ……でも教師として知り合って、あの時も教育的配慮として彼に関わったのは事実なんだからさ。できるかぎり見守っていてあげる責任がある、って思うんだよね、守村《もりむら》元先生としては」

「……わかりましたよ、面会は許可しましょう」

圭はそれを、僕にそういう許可を出す権利があると……逆に言えば、僕に「遠藤くんと会うな」と言う権利があると信じて疑わない顔で言い、僕は、この亭主関白な発言をする男の、子供っぽい独占欲の強さは相変わらずだってことを再認識した。

だから笑って言ってやったんだ。

「はいはい、ありがとうございます」

ってね。

僕は守村悠季《ゆうき》、二十五歳。隣のシートに収まっている、エコノミークラスのスペースじゃ長い脚がつっかえて窮屈そうな男は、桐ノ院《とうのいん》圭、二十四歳。

僕たちはそれぞれ音楽関係の人間で、僕はセミプロのバイオリニスト、圭はプロ指揮者だ。

圭はつい先週、権威ある国際コンクールで入賞した。それも優勝者なしの二位っていう実質上の最高位を獲得した。

僕らはいまイタリアのローマ市に住んでいて、僕のほうは、巨匠と呼ばれるバイオリニスト、エミリオ・ロスマッティ先生の門下として留学中ってやつ。

圭は、指揮者としての腕試しで、今年中にいくつのコンクールでタイトルを獲れるかっていう挑戦のためだ。

そんな僕らが渡欧したのは、この四月。でもって、それから二か月しかたってない今、こうして帰国の途上にいるのは、果たさなくちゃいけない大事な約束があるからだった。

その約束とは、僕にとっては第二の故郷みたいな存在で、圭には気持ち的なベースキャンプだそうなMyオーケストラ……富士見市民交響楽団の定期演奏会に、出演すること。

僕にはもう一つ、千恵子《ちえこ》姉さんの結婚式に出席するっていう目的もあるんだけど、そっちはどうかすると頭から抜け落ちそうになってしまう用件だ。

いや、もちろん大事な用件だと思ってるし、うれしいお祝い事でもあるんだけどね。定演のほうでは、コンチェルトのソロをやることになっているものだから、どうしても気持ちの重きはそっちに行っちゃって……さ。

それにしても、姉さんの結婚式とフジミの定演とが、おなじ六月十六日の昼と夜にバッティングするなんて……いまさらだけど、超ハードな一日になりそうだ。

姉さんのほうは十二時からの挙式で、式場は名古屋《なごや》。そこで僕は朝から新幹線で名古屋まで行き、親族の一人として式に参列したあとは、最初の乾杯をやるところまで披露宴に参加してから、四時開始の本番前リハーサルに駆けつける予定なんだけど……

名古屋—東京が二時間で、東京駅から定演会場の市民ホールまでは乗り継ぎがうまくいっての最短で一時間ってところだから、一時発の新幹線に乗って戻っても、たぶん四時には間に合わないだろう。

圭は、コンチェルトのリハは後回しにするから充分だいじょうぶだって言ってくれてるけど、きっと帰りの新幹線の中ではずっとハラハラ気分でいることになるよなァ。

でもって、そんなふうに駆け込みで戻ってきてやる曲っていうのが、なんと、かのチャイコフスキーの《バイオリン・コンチェルトニ長調》だったりする。

クラシック好きなら誰でも知ってる名曲であり、バイオリニストにとっては手ごわい難曲として有名な、あの《チャイコン》なんだよな〜〜〜！

ああ、だめだ、また胃がキリキリしてきた……

ソロ・バイオリニストとしての立場を尊重するなら、僕は、姉さんの結婚式への出席は断念するのが本当だろう。

そうじゃなくても、とても完成しているとは言えない演奏を披露せざるを得ない状態なんだから、本来なら、たとえ親の葬式でも出席はあきらめるか、あるいは演奏のほうをキャンセルすべきなんだってことは重々わかってる。

でも……優柔不断って言われてしまえばそれまでなんだけど、僕はどっちもキャンセルなんてできなくて……花嫁姿の姉さんに「おめでとう」も言ってやりたいし、「定演のソロは頼んでいいよね」と言ってくれたニコちゃん達フジミの人達の期待にも添いたいし……

で、結局、「なんとかする！」ことに決めたんだ。

新幹線での名古屋往復をこなした上で、ちゃんと集中した演奏ができるのかどうか、ほんと言って自信なんか全然ないんだけどさ。だから、いったん引き受けたことは石にかじりついてでもやり遂げるっていう、意地だけが頼りって感じなんだけど。

とにかくフジミの人達をがっかりさせないように、全力でがんばるつもりでいる。

うん、もう決めたんだから、いまさら迷うな。漕ぎ出しちゃった船なんだから、あとは必死で港にたどり着くしかないんだ。

「悠季？」

と呼ばれて、

「ん？」

と見やった。

「痛むのですか？」

「え、何が？」

「胃です」

言われて気がつけば、無意識に胃のあたりを手でさすっていたようだ。

「あは、くせになっちゃってるんだよね」

とごまかした。

チャイコンのことを考えるとキリキリしてくるんだなんて打ち明けたら、心配性の彼は絶対、どっちかの予定をキャンセルしろって言い出すだろうから。

正しいのはわかるけど従えないのもわかっている、聞きたくない忠告を聞かされて、おたがいに嫌な思いをしたり喧嘩《けんか》になったりするのはごめんだから、言われないで済むようにごまかしたわけだ。

でも圭は騙《だま》されてはくれなかった。

「当日の綱渡りのようなスケジュール、やるのは難曲と言われる大作のソロ。胃が痛くて当然でしょう」

そんなふうに僕のごまかしを暴いて見せ、でも、内心耳をふさぐ用意でいた聞きたくない忠告は言わなかった。

かわりに、

「こういう時には、マネージャーの必要性を感じますね」

なんていう、予想外のことを言い出したんだ。

「マネージャー？　スケジュールを管理してくれる人が必要だってこと？」

「いえ。きみにつき添って、タイムテーブルへの対応等のサポートをする人間という意味で。僕がついて行けるといいのですが」

あははと僕は苦笑した。

「それはまずいよ。コンとソリストが二人ともぎりぎりの飛び込みなんてふうになったら、それこそニコちゃんや五十嵐くんの胃に穴が開いちゃうよ」

「ええ。ですから、マネージャーが欲しかったと。伊沢《いざわ》がもう一人いるといいのですが」

伊沢さんというのは圭の実家の執事だ。

「親戚《しんせき》のおじさんおばさんのおしゃべりに捕まった僕を、『守村様、お時間です』って脱出させてくれる役は、たしかに伊沢さんなら適任だろうねェ」

僕は、ストップウォッチみたいに手のひらに置いた懐中時計を見ながら、僕に移動時間の指示を出してくれる伊沢さんを思い浮かべて、クスクス笑いながらそう返した。

いやもちろん、ふだん使ってるのは腕時計だと思うけど、あの執事さんには懐中時計って雰囲気があるんだよなァ。

「でも、そう何にでも駆り出しちゃだめだよ。きみの家やお祖父さんのお世話で忙しい人なんだから」

「人材を見つけさせてみますかね」

「僕のつき添いなら、ノーサンキューだよ？　時計を見ながら動くことぐらいできる」

「マネージャーとして動くことができて、きみに手を出される心配をしないで任せられる相手というのは……むずかしいかな。語学に堪能《たんのう》でなくては困りますし」

「あのね、あっちでの僕は先生の鞄持《かばんも》ちなんだから、なおさらつき添いなんて。あ、そっか、きみのほうがいるんだ。ガラコンのあと、例の睡魔に襲われてたもんね。もしかして本選のあととかもそうだった？　あの件では、たしかに面倒見てくれる人が欲しいよなァ。危ないもん」

「それこそノーサンキューです」

そうこうしているうちに、成田到着までの時間を表示するテレビ画面の数字が五分を切り、やがて飛行機は無事に着陸を終えた。

さァて、迎えは来てるかな？


入国審査所を通り、着替え少々を入れたスーツケースをターンテーブルで受け取って、税関もべつに問題なくパスした。

成田空港の到着ロビーは、広くてピカピカで華やかな感じがした出発ロビーに比べて、なんとなく薄汚れたふうでお粗末な雰囲気だった。

外国からのお客さんにとっては日本の玄関口なんだから、もうちょっと気を遣った作りにしとけばいいのになァ。

出迎えは、来てた。しかも『祝ブダペスト国際指揮者コンクール最高位入賞』の横断幕付きで。

「あはは、賭《か》けは僕の勝ちだ」

そう一行を指さして見せた僕に、圭は迷惑そうな渋面を作って、

「もうしわけありませんが、先に行って、あの横断幕をしまわせてください」

と言った。

「あの記述は間違っています。あれでは優勝した書き方だ。あんなもののところへは行けません」

「まあ、そう言うなって。ほら、行くよ」

大きな背中に手を添えて、お待ちかねのみんなのところへ押して行った。

「お帰りなさーい！」

片端を持った横断幕を振り上げながら大声で叫んできたのは五十嵐くんで、もう片端を持たされて恥ずかしそうにしてる女の子は……あ、そうか、春山《はるやま》さんの妹の、ええとたしか……うん、『美幸《みゆき》ちゃん』だ。

ほかに、いつにもまして満面の笑顔でニコニコしているフジミの世話人の石田《いしだ》ニコちゃんと、その盟友の長谷川《はせがわ》トンちゃん。全部で四人のお出迎え団だった。

あ、いや、まだいた。横断幕持参の四人から少し離れたところに、富田《とみた》さんご夫婦と、音楽

評論家の都留島《つるしま》さんがいる。

都留島さんはカメラ持参で、こっちに向かって構えてきたんで、僕はさりげなく圭から離れて、圭一人を撮れるようにしてあげた。

パシャッ、パシャッとフラッシュが二度ひらめき、コンクール勝利者の一時帰国の第一歩は、無事フィルムに収められたようだ。

みんなと合流した圭の第一声は、

「五十嵐くん、それはもういいでしょう」

という、横断幕をしまえの要請。

「ひゃっひゃっひゃっ、やっぱ照れるっすか？」

相変わらずの五十嵐くんは、そうからかいながら、横断幕を引っぱってすばやく位置を移動し、

「都留島さん、お願いします！」

と手を振った。

「え？」

と僕がそちらを振り向いたのと同時にフラッシュが光り、騙し打ち撮影による記念写真が出来上がった。

あとで僕も焼き増しをもらったけど、横断幕を前にして、企《たくら》んだ側のみんなはチーズとやっ

てる中で、僕は振り向いた瞬間のびっくり顔を、圭のほうは企みに気づいてムッと眉《まゆ》をひそめた顔を撮られてて。恥ずかしいやら可笑《おか》しいやらの、いかにも五十嵐くん流らしい記念写真になっていた。

「へへへへ、まあまあまあ、証拠写真ってやつっすよ。長旅、お疲れさんっしたァ！」

五十嵐くんがにぎやかに騒いで圭の怒気《どき》をかわし、そのあいだに美幸ちゃんがさっさと横断幕を片づけ、長谷川トンちゃんが成功した記念撮影作戦にニヤニヤしながら、

「車を取って来るよ」

とすたこらロビーを出ていった。

そのあいだにニコちゃんが、

「やあやあ、おめでとう！　いきなりトップ入賞とは、桐ノ院くんらしい快挙だったねェ」

と圭に握手を求めてきた。

圭がそれを思いついたのは、五十嵐くんの歓迎ジョークに触発された、とっさのいたずら心からだったに違いない。

何をやったかというと、握手のつもりで差し出した石田さんの手を取りつつ、すっと距離を詰めて、わしっと石田さんを抱きしめたんだ。

それから、何が起きているのかわかっていない石田さんの両方のほっぺたに、手際よくあいさつのキスをして、

「わざわざの出迎え、恐縮です」

と澄ました顔で言いつつ、腕をほどいた。

「い、いやいや、あはは、ほ、ほんとに。期待はしてたけど、大したもんだよ」

思ってもみなかっただろう西欧式の親愛の示し方を食らって、まだ目を白黒させながら言ったニコちゃんに、笑みの形に唇の端を上げてみせておいて、圭はこんどは五十嵐くんを捕まえに行った。

のしのしと大股《おおまた》の二歩で間合いを詰めて、(うわっ⁉)という顔で逃げを打とうとした五十嵐くんをガシッと抱き捕らえ、オーバーアクションにチュッチュッと音を立てて頬《ほお》への接吻《せっぷん》をやったのは、いまさっきの仕返しってやつだろう。

それから圭は、五十嵐くんの共犯を務めた美幸ちゃんに目を向け、(きゃ〜っ)という顔で両手を口にあてて凍りついている彼女に歩み寄って、

「どうも」

と気障《きざ》に会釈した。彼女のつむじを見下ろす位置からだ。

僕は、うろたえて真っ赤になってしまってる美幸ちゃんを救出するべく、圭の腕を引っぱって言ってやった。

「もうっ、いいかげん機嫌直せよ」

圭はポーカーフェイスで僕を見やり、

「べつに怒ってはいません」

と肩をすくめた。

「こういう場所で記念写真なんて、きみのセンスじゃなかったのはわかってるからさ」

「事実に正確に『二位入賞』と書いてあったのなら、つき合うのもやぶさかではなかったのですが」

「一位なしの二位だったんだから、『最高位入賞』って書き方は嘘《うそ》じゃないよ」

そこへ都留島さんと富田さん達が合流してきた。

都留島さんは、僕の留学生活を金銭的に支援してくれる『足長おじさん達』の世話人であり、富田さんは僕を都留島さんと引き合わせてくれたフジミの団員さんだ。

「あのっ、まさかおいでになってるとは思わなくて、びっくりしました」

圭がまた愛想《あいそ》のよすぎるあいさつをやって、この年配の方々をびっくりさせるといけないんで、僕はいそいでそう声をかけた。

「コンクール入賞っていうのは、音楽家が脚光を浴びられる数少ないチャンスだからな」

都留島さんが肩にかけたカメラのストラップのぐあいを直しながら言った。

「スポーツじゃあるまいし、そうした勝負事にしか興味を示さん、日本のクラシックを取り巻く情況というのは、お寒いの一言に尽きるがね」

ずけずけした調子でそう続け、

「だから才能ある若手が海外に流出してしまうのもあたりまえだ」

と結んで、

「ともかく、おめでとう」

そう右手を差し出した。

圭は「どうも」と答えて、ふつうに握手をし、僕はホッと肩の力を抜いた。

そこへ富田さんが、

「やー、おめでとう、おめでとう」

と割り込んで握手を求め、奥さんも、

「おめでとうございます」

と、しとやかに頭を下げた。

「ありがとうございます。わざわざの出迎え、恐縮です」

圭がきちんとあいさつを言ったのは、女性には礼儀を尽くすというヨーロッパ流に従ったものらしい。

ちょうどそこへ長谷川さんが戻ってきて、

「やあ、お待たせ、お待たせ！　みなさん、リムジンへどうぞ！」

だそうな。

トンちゃんがハンドルを握るらしいリムジンの正体は、横っ腹に『富士見商工会』っていうロゴが入ったマイクロバスで、なるほどこれなら九人乗っても席はあまる。

「いやあ、荷物が多いんじゃないかと思ってこれにしたんだけどよ。そのくらいの手荷物だったら、電車使ったほうが早かったかもなァ」

「いやいや、お出迎えつったらリムジンが基本っすよ。ねえ、石田さん？」

「渋滞に引っかかりそうかい？」

「まあ、この時間ならだいじょうぶだろ。出すよ〜」

「はーい」

ロゴ入りのマイクロバスっていう乗り物のせいか、車中の雰囲気はご町内の慰安旅行の一行って感じで、終始おしゃべりが絶えなかった。

僕は、気心の知れた人達の中にいて、日本語で話ができる安心感に、フライトの疲れもどこへやらという気分。

そしてみんなは、圭にコンクールのようすを話させようと質問攻めにし、圭も聞かれるままに答えていた。

「へえェ、じゃあ一次から本選まで全部別々のオケを振るんっすか」

「どこが一番いいオケだった？」

「そりゃあブダペスト国立響だろう」

「音楽的には、まあ」

「あ、そっか、相性ポイントっつーのもありますよね。その点じゃブダ響はあんまよくなかったんすか?」

「喧嘩《けんか》しちゃったんだよね」

圭は言いたくないだろうと思って、僕はそうフォローを入れた。

「でも、ガラコンサートの時には仲直りができてて。あのチャイコフスキーの《五番》は名演奏だったよ」

「あ、守村先輩は聴きに行ったんっすよね。いいなァ、俺《おれ》らも聴きたかったっすよォ」

「じゃあ来年やれば? 定演で」

「俺はコンが演奏すんのを聴きたいンっす!」

「おいおい、いまのは《チャイ五》はやりたくないってふうに聞こえたぜ、五十嵐コン・マス」

運転席からトンちゃんが口をはさんできて、僕もコメントをつけくわえた。

「っていうか、苦労なしにいい思いだけしようとしてない?」

「うっわ、先輩、それキツイっすよ〜」

五十嵐くんはオーバーに痛そうな顔をし、

「や、それも本音っすけど。どうせ苦労すんなら、俺はベートーベンの五番のほうがいいっすよ」

「おうおう、大きく出たなァ」

「そういえば《五番》ってのは『運命』をテーマにするって決まってるんっすかね」

五十嵐くんがそんなことを言い出したのは、フジミで演奏する演目としての曲の話からは、離れたかったからのようだ。

「チャイコフスキーもベートーベンも、なんでか五番は『運命』っすよね」

僕は五十嵐くんの話題逸《そ》らしを手伝ってやることにした。

「例が二つだけじゃ、五番イコール運命って定理は成り立たないよ。ねえ、け……桐ノ院さん」

危うく名前で呼んでしまいそうになって、あわてて言い直した。そうだそうだ、フジミでは名字で呼ばなくちゃいけないんだよ、ちゃんと覚えとけよっ。

圭も僕が振った話題を受けてくれた。

「そうですね……ドヴォルザークの五番は表題を冠するならむしろ《田園》でしょうし、シベリウスのそれも北欧的牧歌調というか。マーラーの五番は、曲想からすると『運命』的だという受け取り方もあるかもしれませんが、メンデルスゾーンの五番とブルックナーの五番は、いずれも宗教的な色合いが特徴です。シューベルトの五番は、モーツァルト風な室内楽の様相をしていますし。

ほかに五番を書いているのは……」

圭はそこで、通路をはさんで斜め後ろの席にいる都留島さんを見やった。

席は半分あまってるんで、僕たちはそれぞれ二席ずつを占領してくつろいでいる。脚が長くてふつうに座ると窮屈な圭は、窓枠に背中を預けて、通路のほうを向く格好で斜め座りしていて、でもおしゃべりにはちょうどよかった。

「プロコフィエフ、ショスタコーヴィチ……ヘンツェにもあったな」

都留島さんが圭の目でのうながしを受けて立ち、

「ショスタコーヴィチの五番は、《革命》という表題がついとるが、ベートーベンの《運命》と比較する向きもある」

と五十嵐くんを見やった。

「じゃあ、ええと、いま名前が出てきた十人……あ、や、十一人か……の中で、ベートーベン、チャイコフスキー、マーラー、ショスタコーヴィチの四人が、『運命』をテーマにしたっぽい《五番》を作ってるってことで」

「あは、十一分の四か。三割は若干越えるけど、偶然の一致の範囲内じゃないかい？」

「あの、もしかして卒論のテーマとか？」

美幸ちゃんが五十嵐くんの腕をつついて尋ねた。富田さんご夫婦とこの二人は、ペアで席に収まってる。もしかして美幸ちゃんは、五十嵐くんのそういう子なのかな？

「あはは、ちゃうちゃう。俺ら、卒論はないって」

「なんだ。じゃあその仮説って、べつに成り立たなくってもいいのね」

「ぶはっ、ンな仮説なんてゆーよーな学問的な話じゃないって〜」

美幸ちゃんって学生らしいけど、何科の子かな？　五十嵐くんの横断幕につき合えるんだから、ちゃめっ気も行動力もあるよな。

「あ、それで先輩、コンのガラのテープは手に入ったんっすか？」

五十嵐くんが、さっき中断したままだった話題を蒸し返してきた。

「うん、ビデオのほうはだめだっていうんでやめにしたんだけど」

「えーっ!?　うっそ！　俺、ビデオ観たかったっすよー！」

「じゃあ、ローマまで観においで。ヨーロッパとこっちとは機械の型式が違うとかなんとかで、ビデオテープは持ってきても再生できないんだそうでさ」

「あ、それ聞いたことあるな」

長谷川さんが運転席から参加してきた。

「アメリカ製のビデオは観られっけど、ヨーロッパ物はだめだって話」

「へえ、トンちゃん、くわしいね」

「いやほら、去年の夏、リキさんが銀婚式記念でかみさんとパリ旅行に行ったろ？　あん時の話でさァ、リキさん年がいもなく、ビデオ買いに行ったんだと。ほら、あっちのは無修正だっつーだろ？」

あ、もしかしてエロビデオの話か？　えーと、その、富田さんの奥さんや美幸ちゃんがいるんですけどねェ。

「あ、レディ淑女の皆さんは耳ふさいどいてな」

長谷川さんはそう問題を片づけた。

「んでさ、苦労してかみさんごまかして、北欧モノってやつ買い込んできたのがよォ、いざデッキに掛けてみたら映んねェんだと！　リキさんと飲むたんびに三、リキさん、ほくほくして帰ってきた分、がっかりでさァ。俺、リキさんと飲むたんびに三、四へんは聞かされたよ」

「あは、ははは。まあ、そういうわけで、ガラのビデオは持って来られなかったってわけで」

誰もトンちゃんの話を止めようとしなかったんで、僕がそう話題を引き戻した。

「じゃあ先輩、持ってるのは持ってるんっすね？」

五十嵐くんが乗ってきてくれた。

「うん。あ、僕じゃなくって桐ノ院さんがだけど」

「じゃあ俺、絶対いつか観に行くっすから。バイトして金貯めて」

「うん。向こうに来るついでの時は、ぜひどうぞ。先生のお宅にはデッキもあるし」

「うっ？　それって、先輩が下宿してる……？」

「うん」

「行けないっすよー！　巨匠ロスマッティの自宅に、『こんちは〜、ビデオ観してもらいに来ました〜』なんて！　俺ゼッタイ無理っすー！」

声色芝居をはさんで、思いっきりの金切り声でわめいた五十嵐くんに、みんながドッと笑い、僕も笑いころげた。

「あっはははは、そ、そんなこと言わないで、ふつうに僕を訪ねてくればいいじゃないかっ。い、五十嵐って相変わらず、わ、笑わせてくれる奴《やつ》だね〜っ」

「えへっ」

と五十嵐くんは頭に手をやり、

「歌って踊れて笑いも取れるヨシモト系コン・マスを目指してる、五十嵐健人《たけと》でーす」

とおどけた。

バスの中で石田さんから、入賞祝賀会につき合ってもらえるかっていうご招待があった。今夜の六時で『ふじみ』を予約してあるんだそうな。

出迎えがあるようなら夕食を一緒にする流れになるだろうという、圭の予測は、半分当たったってわけだ。

「ごめんねー、飛行機でくたびれてるのに、わがまま言っちゃって恐縮なんだけどさ。どうしても一番にお祝いしたくってねェ。

全員は集まれなくって、パートリーダーたちが中心なんだけど、来てもらえるかなァ」

たしかに、明日からは定演直前の三日連続での練習だっていう時に、今夜も時間を空けて集まるっていうのは、主婦団員さんやM響さん達には無理だろう。

ニコちゃん達だって無理して集まってくれるんだろうけど、考えてみればこれがフジミ流っていうか……

圭は「喜んで」と返事をした。

マイクロバスは思っていたより順調に道のりをこなし、僕達は四時過ぎには富士見の町に帰り着いていた。

「けっこう早く帰って来られちゃったねェ。六時までちょっと時間があるけど、守村ちゃん達、どうする?」

「家に荷物を置いて出直してきます。いいかげん靴を脱ぎたいですし」

「じゃあ、このまんま家まで送るよ」

「ほかの皆さんはどうされますか? ボクはいったん店に戻りますけど」

「わしはここで失礼させていただく。七時からのリサイタルを聴きに行かなきゃならん」

「私もバイトがあるんで。お祝い会はお姉ちゃんが行きますから」

「あ、どもどもサンキュな」

「じゃあ俺《おれ》達は石田さんの店で時間をつぶすか」

「ええ、あなた」

「俺は商工会事務所にクルマ返して、ちょい店のほう済ましてから出て来るから。若干遅れちまうと思うから、待ってないで始めてくれな」

そんなわけで、都留島さんと美幸ちゃんとは富士見駅前でお別れし、ニコちゃんと富田夫妻は『モーツァルト』の前で降ろして、マイクロバスには僕達と五十嵐くんが残った。

「あれ、そういやイガはこっち方面だったっけ?」

長谷川さんが運転席から言ってきて、そういえばと五十嵐くんを見やったら、コン・マスくんは何か相談事がありそうな視線を返して来た。

「いまのうちに、明日からの練習の打ち合わせをしておきますか」

圭が言い、五十嵐くんはホッとした顔で、

「すんません」

と頭をかいた。

なんだ、そういう用件なら、らしくもなくもじもじなんかしないで、早く言えばいいのに。

二か月ぶりのわが家は、放っておけばいくらでも草が茂る時期にもかかわらず、庭はすっきりとさせてあって、どうやら定期的にプロの手を入れてもらっているらしい。

門を入ったところで、圭が五十嵐くんに言った。

「五分したら来てください」

「う……っす」

五十嵐くんは何かをかみ殺した顔でうなずいた。

なんで圭がそんな注文を言ったのか、僕にはわからなかったけど、とにかく圭について玄関のステップを上がった。

鍵《かぎ》は圭が開けて、二か月ぶりに敷居をまたぐ僕たちの家に入った。

留守をした時間のぶん、家の中の空気はどことなくよそよそしい表情をまとっていたけど、でも僕達の家の匂《にお》いだ。

そのなつかしい馴《な》染《じ》み深さをまずは胸いっぱいに吸い込んで、フウと吐き出した。

「ただいま帰りました」

と、光一郎《こういちろう》さんの肖像画に帰宅のあいさつを言った。

「疲れたでしょう」

「でもないよ、飛行機の中でけっこう寝られたから。あの携帯枕《まくら》は正解だね。きみはきつかったろ？　シートが狭くってさ」

「きみが隣にいれば、僕にとってはどこでも天国です」

「ぷっ、キザ男」

そんな会話を交わしながら、ともかく靴を脱いで板の間に上がり、スーツケースを運び上げたところで、圭が僕の肩に手をかけて振り返らせた。

え？　あ、「ただいま」のキスか。

抱き寄せられるままに身を任せて、くちづけを求めて来た唇を、唇で受け止めたところで、なぜ圭が五十嵐くんに「五分待て」と言ったのか、わかった。

ついでに、相談事がありそうな五十嵐くんを、圭が来るかと誘ってやった時に、彼がすまなそうに頭をかいた意味も。

玄関ドアは閉めたから、外から見られはしないけど、想像されてるだろうって気づいてしまった面映《おもは》ゆさに、早々にキスは切り上げようとした。

「悠季？」

と圭がとがめる調子で呼んできて、僕は、玄関口でのキスが圭にとっては大事な儀式なんだってことを思い出した。とくに、久しぶりでわが家に帰って来たいまは、なおさら大事なセレモニーか。

はいはい、わかったよ。ただいま。そして、お帰り。僕達……

でも待った待った、圭！　これ以上はだめだってっ。ほんとに……あ、だめ、勃《た》っちゃう。

こらっ、五十嵐くんがいるんだぞっ！

やっと放してくれた圭が、憮然《ぶぜん》とした口調で言った。

「無粋なことになってしまって、まことに不本意です」

それって、五十嵐くんを誘ったこと？

思いながら、ずれちゃってたメガネを直して、あやうく流されそうになった気分を立て直した。

「なんか相談がありそうだったからね。コンとして必要な気配りだろ。

ええと、お茶を沸かそうね」

「スーツケースを運んでおきます」

「うん、サンキュ」

うがい手洗いをしようと思ったら、水が臭くって吐き出した。留守してた分、しばらく出し流しをしなくちゃだめだ。水が使えるようになるのを待つあいだに、缶に入れてた茶葉を見てみたところが、これまた香りが抜けちゃってた。新しいのがなかっただろうかと探してたところで、ジリリリンとドアベルが鳴った。

「は〜い、入って〜！」

怒鳴ってやったけど、入って来る気配がしないんで、玄関に出ていってドーゾとドアを開けてやった。

五十嵐くんは恐縮しきった顔で入って来て、靴を脱ぐのも上がるのもコソコソって感じで。

僕はもう五十嵐くんがそういうふるまいをするわけがわかってたんで、

「そうやって変に遠慮されたら、こっちが気まずいだろっ」

と頭を小突いてやった。

「えへっ」

と五十嵐くんは首をすくめ、手に提げてたコンビニの袋を差し出してきた。

「暇つぶしに、茶っ葉、買ってきたっす。先輩、日本茶が飲みたいだろうと思って」

「おまえ、気が利き過ぎ」

と褒めてやった。


「コン・マス、ご苦労です」

圭はそんなふうに話の口火を切った。

台所のテーブルで、僕が五十嵐くんの横に座る格好の二対一で向き合ってる。

ああ……久しぶりの玄米茶がうまいや〜。

「飯田《いいだ》くんとのコンビは、たいへんうまく行っていると聞き及んでいますが」

圭はそれを、いつものポーカーフェイスながらも、僕には最上級のやさしさを込めているとわかる口調で言い、五十嵐もそれと感じ取ったようだ。

「はい、そっち方面は……」

五十嵐くんは、濁した語尾に万感の思いを込めるって調子で答え、僕は、彼が憔悴《しょうすい》してるって言ってもいいような状態にいることに気がついた。いま、やっと。

でも僕がそれへのなぐさめを口にする前に、圭が言っていた。

「どのあたりが気がかりですか？」

「……全部っす！」

五十嵐くんはそれを、テーブルに置いた両こぶしの上につっ伏すようにして言った。

背中を丸め、ひたいはテーブルに押しつけた格好で続けた。

「全然っす、何もかも行けてないんっす！　まだ全然てんでまったく、先輩のソロを受けて立てるような状態じゃ……」

五十嵐くんは、フジミの人達の耳に入るのを心配しているふうに、声を殺してそう吐き出した。

僕は口をひらこうとして、やめた。圭が小さなしぐさと目とで、（ここは任せてくれ）と告げてきたから。

バリトンが、穏やかな響きそのものに慰撫《いぶ》の気持ちを表わしつつ言った。

「フジミは、きみのような専門教育を受けた経験はない団員が主力の、文字どおりのアマチュア楽団です。そのことは、僕も悠季も、きみ以上に心得ている。

ここだけの話ですが、フジミの諸君の技量不足に対して、忍耐を試される思いをしてきたのは、きみや飯田くんだけではない。悠季などはコン・マスになってからで数えても、まる四年のつき合いです」

圭がそこらでちらっとアイサインを送ってきたんで、

「うん、入団してからなら七年だ」

と相づちを入れた。

「それでも悠季は、この二丁目楽団をこよなく愛していますし、僕も、諸君を振るのを楽しみに帰ってきました」

そこで圭は、まだ手をつけていなかったお茶を一口すすり、程よいインターバルを作って言った。

「今回の《チャイコン》について、僕は、いっさい甘い見通しは持っていません。ソロを務める悠季は、まだ留学したての落ち着きとは程遠い状態の中にいて、曲を詰めるどころではなかったというのが本当のところでしょう」

ちらっと見やられて、苦笑しながらうなずいた。

「できるだけのことはやってきたつもりだけどね、こう弾きたいっていう理想からすると、まだかなり遠いぞって段階で……ごめん。やれるなりの最善は尽くすけど」

「オケのほうも、コンダクターもコンサートマスターも初体験同士ですから、なげうった努力に見合う実は結び得ていないだろうことは、察しがつきます」

圭は、なんでもお見通しの調子で言った。

「きみがそれをもどかしく思い、どうしようもなく焦りに走ろうとする気持ちを、必死の冗談で紛らしながら、今日まで漕ぎつけて来ているのだということも」

その瞬間、五十嵐くんは泣き崩れた。声は上げず、テーブルにうずくまった姿勢も変えないままだったけど、押し殺した慟哭《どうこく》に震え、息継ぎに喘《あえ》ぐ背中が、如実に語っていた。

ああ……わかるよ、わかる……

僕は口には出さずに、五十嵐くんの震わせている背中をなでてやった。

ほんとに……コン・マスになって以来、定演直前の僕の気分は、まさしく絶望そのものだった。

それまでの何か月間かを、胃が灼《や》けるような焦燥に苦しみながら過ごした果てに、（もう、どうにも間に合わない）と認めるしかなくなった時の、それまでのすべてが無になったような暗澹《あんたん》とした絶望感……

でも、コン・マスっていう責任ある立場にいた僕には、絶望に身を任せるなんて贅沢《ぜいたく》は許されなくて、開き直りの空元気をかき集めてでも、なんとか本番を乗り切るまでがんばるしか道はなくて。

その点、きみは幸せだぞ、五十嵐……こんな理解ある指揮者が相手なんだから。

僕がコン・マスとしてつき合った、圭以前の指揮者先生達はみんな、『もっとちゃんとした楽団を振りたいのに、そのチャンスが手に入らないので、しかたなくこんな楽団の指揮でも引き受けたんだ』という本音を、何かにつけてチクチクとアピールしたがる人達ばかりだった。

全員が全員、フジミの下手《へた》さを見下す立場に立って、指導してもうまくはならないと早々に見切りをつけて、「ほら、振ってやってるぞ」という顔での手抜きのメトロノーム役しかしてくれないか……あるいは変にやる気のある人だと、社会人楽団の実情を無視した要求の押しつけで、団員に自信もやる気もなくさせるかのどちらかで。

中には、「こんな音しか出せないあんたらが曲をやろうとするのは、音楽に対する冒瀆《ぼうとく》だ」なんていう、ひどい暴言を吐いた人までいた。

それを聞いたのは僕とニコちゃんだけで、今日で辞めるっていう時の捨てゼリフだったから、みんなの耳には入らずに済んだんだけど。

こっちとしては、「だったら降りていただいてけっこうです」と言いたい気持ちが喉元《のどもと》まで来ていても、それを言ってしまったら、指揮者なしでやらなきゃならないことになるから、「できぬ堪忍、するが堪忍」で言いたいことも飲み込んで。

あのころのコン・マス事情に比べると、フジミを「好きだ」と言ってくれて、下手さは承知した上で「音楽を愛する気持ちにあふれた、いい楽団だ」と言ってくれる、圭や飯田さんの指導でやれるいまのフジミは、アマオケ天国って感じの恵まれ方をしている。

だから五十嵐コン・マスは、気を大きく持ってのびのびやって差し支えないんだけど……昔を知らない彼には、わからないよな。

そこで僕は、昔話を一つしてやることにした。

「きみがフジミに入って来る前の年の定演なんだけどね、あれはひどかったなァ。圭が振った定演の二年前のやつだ。

指揮者先生は、本番に近づくにつれて、眉間《みけん》のしわが増えていってね。当日は、完璧《かんぺき》におかんむりの顔で、僕とニコちゃんとで『フジミは本番に強い楽団ですから』とか言ってなだめて、やっとこさ舞台に上がってもらったんだ。

でも、指揮者がそんなだし、団員さん達はそれまでずっとガミガミやられっぱなしで、すっかり萎縮《いしゅく》しちゃってたから、うまく行くはずがないだろ。

で、本番が終わったあとの楽屋で、その指揮者先生、なんておっしゃったと思う？

『恥をかかされた』、だよ」

「それはひどい……」

相づちを入れてくれた圭に、

「うん、まったく」

とうなずいて、話の続きに戻った。

「僕とニコちゃんしかいない場所でだったから、まだよかったけど、あの時は、ただもうひたすらガックリ来たね。

(自分の指導力不足を棚に上げて)って怒る気持ちが湧《わ》く前に、悲しくなっちゃってね。

ああ、この人はずっとそういう気持ちで僕らを振ってたのかァと思うと、なんともやりきれなくって……

　ニコちゃんもすごくショックだったみたいで、だから次の年は、定演を組む元気が出なかったんだよ。新しい指揮者を探そうっていう意欲もなくしちゃってた。

　僕としても、またあんなのをつかんじゃうくらいなら、指揮者なしでやったほうがましだって気分だった。

　ところがそこへ、ギャラなしでもいいからぜひ振らせてくれっていう、桐ノ院大先生があらわれてさ。

　きみ、フジミの音を試聴してから、ニコちゃんにそれを言いにいったんだよね？」

「ええ。はっきり言ってひどい音でしたが、ぜひとも振りたいと思いましたので」

　じつはその裏には、最初は僕が目当てだったたっていう事実があるんだけど、それは伏せておいていい。いまの圭は、ちゃんとフジミ自体を気に入ってくれているんだから。

「ほらね、そこから始めてるんだよ、圭は」

　意味がわかるかいと見やった五十嵐くんは、少しは浮上したらしく頭を起こし、目も鼻も真っ赤だけど、もう泣いてはいなかった。

「でもって、忙しい人達の集まりだから、練習が思うように進まないって事情も、身をもって知ってる。圭も、僕もね。

　だから定演は、演奏を楽しむ活動をより活気づけるための、期限を決めて目標を立ててやる一区切りってことで、やれたところまででやればいいんだ。僕はそう思ってる。これはフジミのお祭りで、ふだんは着ないような正装をして、ライトの当たったステージで、お客さんを前に演奏するドキドキやワクワクを楽しむためのイベントだ、ってふうに僕は思う。フジミはね、まず僕ら自身が演奏を楽しむことが基本なんだよ。そうだろ？　でもって僕らが楽しんでやればこそ、お客さんにも楽しいと思ってもらえる音楽が作れるんだ。

ほら、『下手だけど何かよかった』ってアンケートが来るようなさ」

「……っすね」

いつもの彼らしくない小さな声ながら、五十嵐くんはそううなずき、僕は、この際だから僕の本音も言っとくことにした。

「ほんと言うとね、僕も胃が痛い。みんなが期待してくれてるんだから、いまの僕のベストだって胸を張ってやれるチャイコンを持って帰ってきたかったんだけど、ぜんぜん時間が足りなくってね。

でも、フジミのチャイコンのソロはぜひともやりたかったんで、できてないところには目をつぶって出演しちゃうことにしたんだ。

こんな半端なソリストでもうしわけないんだけど、やらせてもらっていいかな」

五十嵐くんはそれを聞くと、いたずらっぽくクルッと目を動かし、泣いたせいの鼻が詰まってる声で、

「……オーディションさせてもらっていいっすか？」

なんて言ってきた。

プッ、よしよし、復活したね。

「いま何時？　まだ時間はあるね。じゃあ度胸づけに、まずは五十嵐コン・マスの前で恥をかいとこうかな」

そう立ち上がった僕に、圭が言った。

「僕が伴奏をしてもいいですか？」

「あ、弾ける？　じゃ、よろしく」

ということでピアノ室に移動した。

実際のところ僕のチャイコンは、福山先生に聴かれたら、「そんな演奏を人前でやる奴《やつ》があるかっ、図々しいにもほどがあるぞ！」ってな調子で、ステージから蹴《け》り落とされそうな程度にしか仕上がってない。

大学時代に試験の課題として絞られたことがある曲で、一応合格点はもらったんだけど、再挑戦してみたら、まあどこもここも「わかってなかった」「出来てなかった」のオンパレードで、自分でも呆《あき》れたぐらい。

昨日の晩、エミリオ先生に見ていただいたおかげで、落っこちてた思い込みの落とし穴の一つは発見できてるけど、そこから這《は》い上がるのは今後の課題だ。

それでも、こうやってステージに上げてしまうことにしたのは、もしこの曲を自分なりに完成させられる時が来るとしても、それは十年後とか二十年後とかの、はるか遠い先のことになりそうだっていう見通しによる。

これが、あと半年やればなんとかなりそうだってふうなら、今回の定演は降ろさせてもらって、完成したところでやらせてもらうって話にするんだけどね。

理想的に仕上がるまでやりません、なんて言ってたら、一生ステージでは弾けないまま終わっちゃうかもしれなくて。

その時その時にやれるかぎりの演奏を積み重ねていくしかないんだって、エミリオ先生にも言われたから。

ちょうど先週の今日だよなァ……あと十皮は剝《む》けなくちゃだめな僕の《チャイコン》に絶望して、ちょっとノイローゼっぽくなっちゃって、先生に、いまからでもソロは降ろしてもらうって口走ったら、そういうアドバイスが返ってきてさ。

「レッスン室で弾いているうちは、まだ『演奏家』とちがう。ユウキはもう演奏家として歩き出さはったんやから、ステージの上で自分を磨かんならん段階ですやろ」

先生はそうおっしゃって、

「ブーイングをもろてしもて悔し涙を流すのかて、一人前になるための勉強え」

と僕の尻《しり》をたたかれた。バシバシって感じに、あの黄金の指がついてる手でさ。

だからいまは開き直ることにしたんだ。

調弦を終えたところで、

「バイオリン、替えてないっすよね」

と五十嵐が確かめてきたんで、

「ああ、前より鳴ってるんだろ？」

と答えた。

「里帰りして元気になったんだよ。本番までこの乾きぐあいが保《も》ってくれるといいんだけどね」

ポロポロと鍵盤《けんばん》を鳴らして指馴《ゆびな》らしをしていた圭が、序奏のオケパートを弾き始め、僕はバイオリンを構えた。

いつ練習したんだか、スコアもなしにミスなしで弾き進む前奏部分を耳で追いかけながら、よけいな力は抜くように心がけて姿勢を作り、心の準備を整え、圭の息づかいにブレスを合わせて、最初のカデンツァ風の旋律を弾き出した。

いまの僕が持っている一番いい音を綴《つづ》り合わせた、いまの僕にできる最上の演奏を……

そう頭のすみで願いながら弾き進んでいたのは、ほんの最初のうちだけだった。

いつしか僕は、ぴったりの受け答えで寄り添い、攻め寄せ、引き下がったと思うと、絶妙のタイミングでまたずっと寄り添って来てくれる、圭のピアノとのたまらなく心地いい音の絡め合いに溺《おぼ》れ込み、夢うつつの交歓に浸り込んで……

途中で何度か（ん？）と夢から浮かび上がる瞬間があったけど……圭の持って行き方に（あ、そうじゃない）って違和感を感じてさ……でもそれは、ほんの一瞬の引っかかりで。

弓を止めたのは、最後まで弾き終えてしまって、もう弾く音がなかったから。

「……うおぉ～……」

とつぶやいた五十嵐くんの、目を丸くしている顔つきからして、彼の僕びいきな耳は、僕の自己採点よりも高い点数をつけてくれたようだ。

「ってことで」

とバイオリンを下ろした僕から、圭に目を移して、五十嵐くんが言った。

「コン、これって……すっげマズイっすよ。はっきり言って、オケはついてくのがやっとになるっす。伴奏に聴こえるんならまだしも、足引っぱる蛇足って感じになりそうっすよ」

「ばかなことを」

と、圭は五十嵐くんの懸念を一笑に付した。

「演奏会の主役は諸君であって、名誉団員ながらいわば客演ソリストである悠季が、それなりの演奏を行なうのはあたりまえです。

僕としては、実りあるコンチェルトが出来上がるだろうと、たいへん楽しみです」

「それ言うのは早過ぎっす。明日の練習のあとでも気が変わってなかったら、もっかい言ってください」

どうやら五十嵐くんは、コン・マス稼業のプレッシャーにいじめつけられてたせいで、すっかり悲観屋になっているらしい。

「だいじょうぶだって。飯田さんのことだから、冗談言いながらけっこうビシビシ絞ってたんだろ？　きみが思ってるより、絶対うまくなってるって」

お世辞のつもりはない励ましを言ってやった僕に、五十嵐は何やら複雑な表情で頭をかいた。

「たしかに、弦の音は厚くなってるし、前よりよくもなってると思うっす。人数増えた分の、それなりにっつーか」

「ああ、そうか、メンバー増えたんだったよね。何人？」

「弦が十二人と、管に三人っす」

という答えに、

「へえっ、すごいじゃないか！」

と歓声を上げた僕に、五十嵐は、

「もっとも、何人残るかは謎《なぞ》っすけど」

と肩をすくめた。

「もしかして学生……かな？　ほとんど」

「全部っす、邦音《くにおん》の二年三年」

だったら、弦はだいぶ音が変わってるはずだ。音大の二、三年といえば、それなりに弾くようになっている。

もっとも学生は定着率が悪いのも特徴で、勧誘に応じて一回は来てくれても、フジミの実力を知ると、もう一つの富士見市民フィルに移ってしまうケースがほとんどだった。五十嵐くんや松井《まつい》くん達みたいに、正団員になって残ってくれるほうが例外なんだ。

それが今季は十五人もいるっていうのは、うれしくはあるけど、首をかしげてしまう事態だった。

「なんだってそんな連中が？　もしかして、定演までって約束で、強引に引き止めてるとか？」

ついそんなふうに聞いてしまった僕に、

「先輩達のせいっすよ」

と、五十嵐くんは得意そうな顔で鼻の頭をこすった。

「OBが日コン獲ったっていうんで、ガラのオンエアはみんなチェックしてて、先輩の演奏と燕尾《えんび》姿に胸キュンしちゃったってのが、約半数」

「うわお」

「嘘《うそ》つけ」

と言ってやった。

「マジっすよぉ」

と五十嵐くんは口をとんがらせた。

「こっちは例年どおりの勧誘しかしなかったのに、向こうから飛びついて来たんっす。『日コン三位の守村悠季とチャイコンをやろう！』ってキャッチが効いたんっす」

「やだな、そんなビラ撒《ま》いたのか？」

「要注意なのは残り半分の、一月のＭ響公演を聴いたっつー、桐ノ院さん目当ての連中っす」

「あ、それなら納得」

「なんてしてる場合じゃないっすよぉ？　すっげェミーハー集団っすから。今夜も来るっすよ、こーんな花束持って」

それは……ちょっと複雑だけど。

「なんにしろ、弦が増えたっていうのはありがたいじゃないか」

と言っておこう。圭が女子大生にヨロメく可能性なんてないしさ。

「そろそろ出かける支度をしませんか」

と圭に言われて、もう五時半近いのに気がついた。

「わあ、ワイシャツ着替えたいんだっけ」

「スーツケースは二階の寝室です」

圭が言って、自分も着替えるつもりらしく部屋を出ていった。

「じゃあ俺《おれ》、先に行っとくっすから。休憩タイムもらっちゃって、すいませんっした」

「うん、いいよ。こっちもようすがわかったし」

送りに出た玄関で、頼みごとがあったのを思い出した。

「第一部のほうなんだけど、もしよかったら第一バイオリンに混ぜてもらいたいんだけど。どうかな」

ぱっと輝かせた顔色からして、五十嵐くんの返事は聞いたのも同然だったけど、立場上の心遣いとして言い添えた。

「トップは新田香寿美《にったかずみ》さんだっけ？　相談してみてくれないかな」

「そんなの、先輩が入るって言ったら、香寿美さん大喜びでトップの席ゆずるっすよ」

「あ、それはだめだよ！　いまの第一首席は新田さんなんだから、もし新田さんがそう言ったとしても、絶対だめだ」

僕はしっかり釘《くぎ》を刺す気持ちで念を押した。名誉団員とはいえ、いまの僕はＯＢ的な部外者なんだって立場を忘れちゃいけない。

「でも、そうかァ、じゃあ僕も入れてもらうっていうのはマズイかもなァ。

プルトの最後列にでも参加させてもらえたらって思ったんだけどね。圭の指揮で弾けるチャンスって、ここしかないもんだから」

「香寿美さんと相談してみるっす」

五十嵐くんはそう約束してくれた。

さて、祝賀会に出かける支度をしなくっちゃ。わお、二十分しかないぞ。シャワーを浴びてる時間はないな。

スーツケースに入れて来た着替えを取りに二階の寝室に上がって、びっくりした。入った右手の、ただの壁だったところにドアができてて、中からシャワーの水音が。

留守のあいだに、僕達の寝室には洋式のバスルームが増築されていたんだ。隣にあった一間《いっけん》間口の奥に深い物置部屋を改修して、寝室との壁に新しくドアを作ってさ。

開けっぱなしのドアから覗《のぞ》いてみた。

洗面台などの調度はアンティーク調で統一した、ヨーロッパ風のしゃれたシャワールームができ上がっていた。

ドアを入ってすぐが板張りの洗面スペースで、その横に洋式トイレ。その横の間仕切りの奥の、板張りより一段低く作ってあるタイル敷きの部分がシャワースペースで、入口の向こうの壁に嵌《は》め込まれた姿見に、シャワー中の圭の後ろ姿が映っている。

「また、こんな贅沢《ぜいたく》やって」

と声をかけた僕に、鏡に映った全裸の圭が振り向き、水音越しに得意そうな声音での返事が返って来た。

「これで便利になりました」

「お祖父さんへの借金がかさんで首が回らなくなるぞ」

「僕名義の土地を一、二か所売ればいいことです」

「もうっ、そういう問題かい？」

「ええ、その程度のことですので」

「……まあ、たしかに便利で助かるけどさ」

肩をすくめて認めてやって、言い添えた。

「きみのコーディネート？　おしゃれだし、使いやすそうだね」

「きみも気に入っていたと、伊沢に言っておきます」

うっ⁉　と僕は思った。それって……かなり気恥ずかしいぞ。

「二人で使える広さですよ」

というのは、きみもシャワーをしてから出かけたらどうかという誘いだったけど、

「あー、もう無理だよ。時間ない。足だけ洗わせて」

「ええ、どうぞ」

と返って来た返事は、あからさまなため息混じりだった。

圭ったら……外出前だっていうのに、なに期待してたんだよっ。

ズボンの裾《すそ》を捲《まく》り上げてモザイク模様のタイル床に下りていって、バスタオルを使っていた

圭の、たくましくてカッコイイ尻《しり》をピシャンとたたいてやった。

「うっ、なんです?」

「自分の胸に聞いてみたら?」

言ってやった僕に、圭は一瞬ニマッとスケベ顔をし、

「では、開宴を一時間繰り下げるよう電話して来ます」

と、いそいそ声で。

「じゃないって!」

と言い返した声はワンッと反響し、僕は（うっ）と思いつつボリュームを落として続きを言った。

「TPOを考えろって意味だよっ、決まってるだろ!?」

「冗談ですよ」

と長身でハンサムな僕の恋人はフクレた。ポーカーフェイスの下で、ひそかに。

苦笑してしまいながら、コックをひねって足洗いに取りかかった。

「だって、あと十五分で出かけようって時にさァ、無理だろ? ほら、機嫌直せって」

「キスもなしにですか?」

と返って来た。

あーもー、このでっかいダダッ子ってば。

「さっさと支度しないと遅刻するぞ」

「主賓は最後に到着するべきでしょう」

「……はいはい。キスだけだよ」

言ってやりながら用の済んだシャワーを止めて、振り向いた。

「誓います」

とほくそ笑みながら、メガネを取り上げた圭のそこは、しっかり半勃《はんだ》ち。

(そっちの面倒は知らないぞ）と思いながら、まだ素っ裸のままの胸の中に抱き寄せられてやって、機嫌直しのキスに応じてやって。

あ……マズいかも……裸の接触がセクシーで……だめだぞ、流されちゃ……ああ……ん……

片方の腕では僕を逃がさないように肩を抱きしめ、もう片方の手では僕の背中をなでまわしながらのキスを、圭はわざと音を立てたりしてエロチックなふうにむさぼってくれて。

体の中の静電気がザワッとうねるみたいな気持ちのいい痺《しび》れ感を、つい楽しんじゃってたら、ゾクゾクンッとやばいレベルの快感がキてしまった。

「も、もういいだろ？」

と圭から体を押し離した。

「では、続きは戻ってから」

圭はご満悦な顔であっさりと中断を受け入れ、僕は肩すかしを食ったように感じて、そんな

自分に赤くなった。

「ええと、ワイシャツ替えなきゃ」

という口実でその場を逃げ出した。

股間《こかん》の勃《たか》ぶりはさいわい深呼吸で鎮められた程度で、新しいシャツに着替えてタイを選んでたところで、整髪を済ませた圭が腰タオル姿で出て来た。

うっ、ソレ……ご愁傷《しゅうしょう》様。

入れ違いに洗面所へ行って、しゃきっとするために顔を洗って、髪をとかし、ネクタイの結び目を二度やり直して念入りに整えてから部屋に戻った。

圭はもうパリッとしたジェントルマン姿に変身していて、若々しいノージャケットスタイルのカッコよさにちょっと見蕩《みと》れてしまった。ホワイトシャツのさわやかさに色気があるっていうか、さ。イイ男……なんてね。

ご愁傷様の股間は、まだ完全には鎮火してないふうだったけど、ズボン越しでもありありとわかるってほどじゃなく。下手《へた》なことを言ってやぶへびになるのも困るんで、見て見ないふりをした。

「出ましょうか」

「うん、準備オッケ」

先に立って部屋を出ていく圭について行きながら、その姿勢のいい後ろ姿の男っぷりにまた見蕩れた。

う〜ん……きみはいつだってとびっきりのイイ男だけど、今夜は一段と磨きがかかっちゃってるぞ？　まさか、きみのファンの女子大生達も来るっていうんで、無意識に気合いが入っちゃってる、なァんて……ハハ、ハハハハッ、ごめん！　いまのはほんの冗談っ。

心配なのは、ミーハーお嬢さん達にとってこんなきみは、猫の目の前に、食べさせてやる気はない魚をぶら下げて見せびらかすみたいなもんだ、ってことで。失恋は決定してる彼女達に、やたらと熱だけ上げさせちゃうのは、かわいそうなんじゃないかなァってことでさ。

けれども玄関先での出がけのキスは、必要以上に熱がこもったふうになってしまって、僕は自分の俗物根性を恥じた。

たとえ何千人のミーハーファンに囲まれたって、きみが僕のものだって事実は揺らぎっこない……ってわかってるのに、こんなふうに独占欲がメラメラしちゃったりしてさ。もうっ、恥ずかしい奴《やつ》っ。

だから圭と目を合わせないようにしてそそくさと靴を履き、外へと逃げ出した。

「遅刻しちゃうよっ」

って口実で。

夕方六時の集合っていうのは、団員の大半が勤め人や主婦であるフジミにとっては、遅刻者が多いのを覚悟しなくちゃならない時間設定だ。

公務員だって五時ちょっきりに退勤できるわけじゃないし、デパートや商店の店員だったりすると、そもそも閉店時間が六時とか七時とか。主婦だと、家族に夕食を作って出て来るのに、ちょっと半端な時間ってことになるようだ。

でも、僕らが六時五分過ぎに小料理『ふじみ』のノレンをくぐった時、貸し切りの店のテーブルをくっつけて二列に作った宴会席は、もうほぼ埋まっていた。

先に立って入口の戸を開けた圭が、長身をかがめて踏み込んだとたん、

「きゃ〜！　桐ノ院さ〜ん！」

「お帰りなさ〜い！」

「みなさ〜ん、コンのご到着よ〜！」

というミーハー全開の歓迎ファンファーレ三重奏をかましてくれたのは、トランペット三人娘さん達だ。

たちまち店中からの華やいだ歓声と拍手が圭を迎えた。

「きゃ〜っ、桐ノ院さ〜ん！　守村さ〜ん！　うれし〜っ！」

「お久しぶりです〜！」

「コンクール、おめでとうございま〜す！」

口々に言いながら、キャアキャアと圭を取り囲んだ彼女達は、今夜も盛大な花束持参。

「どうぞ～！」で受け取らされた圭を、キャイキャイと奥の席へと押して行った。

「やあやあやあやあ！　さあ、奥へ奥へ！」

ニコちゃんが飛んできて圭を主賓席へつれていき、僕は入口の近くに空き席を見つけて座りにいった。

第一バイオリンの新田さんと広田《ひろた》さんが並び、オーボエの貝塚《かいづか》先生とホルンの小谷《こたに》さんとが並んでるあいだに、一個席が空いてたんだ。

「お久しぶりです。ここ、いいですか？」

と腰を下ろそうとしたら、

「えっ？　うっそ！　守村さんは上座にいかなくっちゃ！」

「イガちゃーん！　守村さんの席どこー？」

と着席拒否をされてしまった。

「や、僕はここがいいんですけど」

「ちょっとー！　五十嵐コン・マス大先生ー！」

「守村さんの席ー！」

「はいはい、はいーっ！」

結局、僕はいやおうなしに圭の隣に座らされてしまった。

もうっ、こら、五十嵐！　いっつもペアで座ってるって言って僕達をからかったの、おまえじゃないかっ！

「相変わらず痩《や》せ痩せだけど、元気そう」

と笑顔で手を振ってきたのは、僕の斜め向かいに座ってた川島《かわしま》さん。お隣の春山さんもニコニコと手を振ってきて、僕は「どうも」と笑みを返した。

「えーと、じゃァそろそろ始めようかね」

ニコちゃんが頭数を確認しながら腰を浮かせ、

「五十嵐くん、始めようよ」

と声をかけた。今日の司会者は末席のほうでやるらしい。

二列できているテーブル席のもう一方に、五十嵐くんの言ってた『圭目当て』の新入団員だろう女の子達が固まっていた。今年から院に上がったと聞いてるチューバの松井くんと、就職か院試験かの四年生になってるトロンボーンの斉田《さいた》くんも一緒なんで、学生席みたいな感じになっている。

「皆さん、お待たせしました！　ただいまより、富士見市民交響楽団常任指揮者、桐ノ院圭大先生の、『ヤーノシュ・フィレンチク記念国際指揮者コンクール』二位入賞を祝う祝賀会を始めたいと思います」

五十嵐くんのメモ用紙をカンニングしながらの開会の辞で、祝宴が始まった。

最初にニコちゃんの世話人あいさつ。それから、こういった宴会の流れでは『来賓祝辞』と来るところで、今日は欠席の飯田《いいだ》さんからの、おめでとうメッセージの代読がおこなわれた。

『本日のまことにめでたい祝賀の席を、やぼ用で外さなくてはならないのは、一サラリーマンである小生《しょうせい》の宿命とは言え、痛恨の極みであります』

五十嵐くんが読み上げ役を務めるメッセージは、そこまでですでにクスクス笑いを生んでいた。

たしかにサラリーマンと言えばそのとおりの、プロのオケ団員である飯田さんが、今ごろはヤンシュの振るベートーベンの《田園》のチェロパートっていう『やぼ用』と取り組んでいるのは、みんな知ってることだから。

『思えば小生がかの電柱殿下と出会ったのは、わが職場である埃《ほこり》臭き騒音製造所でのことでした』

うっ、それってM響の練習場のことでしょう? ひどいこき下ろしだなァ。

『殿下はサブコンダクターという名のもとに舞い降りて来ると同時に、若造にあるまじきタカビーそのものの態度で、小生をはじめとする古参従業員の反感を一手に買い占めました』

ぶふっ。な、なんか、目に見える気が……

『しかるに殿下は、その偉大なる体躯《たいく》をもって黙々とマイウェイを貫き通し、常人ならば凍死を免れなかったでありましょうシカトの氷河期を乗り越えて、いまや理事会に常任指揮者のポストの復活を検討させるまでに成り上がりあそばされました』

……それって、M響は圭を常任指揮者に格上げしようかって考えてるってこと？

『小生ら下っ端従業員は、いつになく先見の明を示した理事会がサクサクと結論を出し、殿下が世界に飛び立ってしまう前にぜひとも捕まえて欲しいものだと切に願いつつ、決断をうながす裏工作を進行中であります』

はあァ……そうなんだァ……

『しがない楽隊の貧乏団員に過ぎない小生らを、フジミという楽しい厄介事に巻き込んでくれた、桐ノ院圭くん。

この返礼は十倍返しだと思い決めていた小生らにとって、今回のブダペストコンクールでの実質優勝という成果は、まさにこちらの思うつぼにハマってくださった快挙でありました。

オメデトウ、オメデトウ、これで理事会の審議に拍車がかかり、おまえさんはもうM響団員の安月給生活から逃れられない。ふっふっふ』

い、飯田さんって、こ、こういう人だったんですか～？　中身は重大ニュースだっていうのに、笑い過ぎて腹が痛い～っ。

「『恐惶謹言《きょうこうきんげん》』カッコ『意味のわからない学生諸君は辞書を引いとけ。テストに出すぞ』カッコ閉じる。『飯田弘《ひろし》、拝』。

『追伸。殿下に告ぐ。事務長が常任の契約書を出してきたら、黙ってサインしろよ！　断わったりしやがったら、五十嵐の将来は保証しない』

……って、なんっすかァ？　俺《おれ》いつ飯田さんの人質になったんだ、っつーの！

とにかく、ってェことです。以上、代読」

笑いころげていた面々が拍手でメッセージを受領し、圭もポーカーフェイスは守りながらも手をたたいていた。

うん、ほんと。飯田さんが洒脱《しやだつ》な人なのは知ってたけど、完全に一本取られたね。こんなお見事な『スピーチ』は初めてだ。

「えー、では次にィ、今夜の主賓である桐ノ院圭殿下のお言葉を頂戴《ちようだい》したいと思います。どうぞっ」

五十嵐くんの司会に応《こた》えて、主賓席から立ち上がった圭の姿は、まさに威風《いふう》堂々。

彼目当てに入団して来たのだそうな女の子達の、あからさまな憧《あこが》れをふくんだ視線はきっぱりと無視しつつ、よく通るバリトンでのスピーチを始めた。

「本日は、定演直前のお忙しい時間を僕のためにつぶしていただき、たいへん恐縮です」

女の子達が、初めて聞く桐ノ院圭の力強い美声に、いっせいにポーッとなるのがわかった。

「ヤーノシュの入賞は、昨年夏の東コンでの予選落ちの雪辱《せつじよく》を果たせたという面でも、まことに喜びに満ちたものでありました。

こうした成果を持ち帰れたおかげで、明日からの諸君との練習にも胸を張って臨むことができます。

しかし優勝には至らなかったことでは、不本意な結果といわざるを得ず、精進の一手段として、秋におこなわれるブザンソンほかのコンクールへの参加を決意しました。

ありていに言えば、金メダルを手にするまでは挑戦を続けます。

そうしたわけで、定演終了後いましばらく留守にしますが、ご了解ください」

祝宴会のお礼のスピーチを決意表明で結んだ圭に、拍手に混じって、

「は〜い！」

「がんばってくださ〜い！」

女の人達のそんな声が飛んだ。

「それでは乾杯に行きたいと思います。乾杯の音頭を、守村先輩、お願いします」

あ、はいはい。

ビールを注ぎ合う騒ぎがひとしきり。そして静かになったみんなの前で、僕は一歩席を離れ、圭に向かってグラスを掲げた。

「権威あるヤーノシュ国際指揮者コンクールでの実質トップ入賞、おめでとう。

僕は入賞者達のガラコンサートを聴かせてもらいましたが、なぜ審査会が『優勝』を与えなかったのか、不思議でなりませんでした。僕が審査委員長だったら、絶対『金』を出してました。

もちろん、いきなり二位入賞っていうのは充分すごくて、僕もすごくうれしかったですけど。

さっきおっしゃった目標の達成を期待しつつ、乾杯の音頭を取らせていただきます。フジミが誇りとする常任指揮者・桐ノ院圭さんの、ヤーノシュ・コンクール銀メダル獲得、および大衆賞受賞を祝って、乾杯！」

「カンパ〜イ!!」

グラスを掲げたみんなに、圭もグラスを上げて応え、スマートな一気飲みで干した。

拍手で締めくくって、あとは無礼講だ。

僕は圭と一緒に席に戻り、圭はさっそく手が届く範囲の全員から、お酌のビール瓶を突きつけられた。

「いやいや、うれしいねェ。ボク達が一番にお祝いしてあげられるなんて、光栄だねェ」

ニコちゃんが、マイクロバスの中でも世話人あいさつの中でも言ってたセリフを、ほんとにうれしそうにくり返し、

「成田まで捕まえに行った甲斐《かい》があったっすね」

と五十嵐くんが尻馬《しりうま》に乗った。

「桐ノ院さん、ちょっとでも食べながら飲まないと。今夜は全員のお酌を受けなくちゃならないんだから」

川島さんが、てきぱきと料理を取り分けた皿を圭の前に置きながら言った。

「それにしても『優勝者なしの二位』ってのは、ほんとどういうことなんだろうかなァ。すな

おに『優勝』でいいじゃねェか」

市山《いちやま》さんがニコちゃんに言う顔で、圭への質問を出した。

「リハーサルでの指示出しをビシビシやり過ぎて、オケの心証を損ねたことが理由であろうと思います」

圭が答えるのを聞きながら、僕は（肩の力が抜けてるな）と感じた。市山イッちゃんと話し始めた圭の雰囲気が、今夜はなんとなく丸い。

なにか心境の変化があったのかな、と思った。

フジミの人達と圭とのつき合いっていうのは……ああ、ちょうどまる二年だね……あの最初のころよりはずっとリラックスしたものになってたけど、どこか一線を引いてる感じがあったのに。今夜のきみは、気のおけない身内といるって顔でしゃべってる。

お酌の順番待ちにやって来た五十嵐くんが、「飲んでるっすかァ」と僕にビールを注いできて、

「エミリオ・ロスマッティのレッスンって、どんな感じっすか？」

なんて話題を持ちかけてきた。

「う〜ん、福山先生みたいな手厳しいことはおっしゃらないけど、きびしいね」

僕は答えた。

「教えるっていうよりも、自分の演奏から学べるものは何でも盗んでいっていいよ、って感じ

なんだ。『ああやれ』とか『こうやるな』とかって指示型のレッスンじゃないんで、じつはまだよくやり方が飲み込めてないっていうか……

課題を解決するための、テクニック的なこととか弾き方のヒントを、先生の演奏の中から見つけ出せたら僕のものにできる、って感じかな」

「へえ～……教えてもらうんじゃなく、盗む、っすかァ……言葉としては聞くっすけど、実際はどんなふうなんすかねェ」

「うん、僕もまだコツがわかんなくって、とにかく目を皿にして耳を澄ませて、必死で先生の演奏を聞いてるだけだよ。

だからいまのところ、僕の弟子修業っていうのは、先生の演奏会にひたすらついて歩いて、演奏を拝聴してるだけってふう」

「えっ、それって」

「この二か月で何本ぐらい聴かせていただいたかなァ、先生のリサイタル」

「それって、すっげ贅沢《ぜいたく》～ゥ」

うなった五十嵐くんに、僕もうなずいた。

「ほんと、巨匠の演奏を毎日、間近で聴かせていただいてるんだもんなァ。つかむものは山ほどあるはずなんだけど、未熟者ってのはねェ……宝の山を目の前にしてるのに、どっから手をつけて自分のものにすればいいのか、わかんない状態でね」

「う〜……まんま真似してみるとか……ってのは違うんっすかねェ」

「やってみてはいるけどね」

「あ、だっしょ？　なんか前と音色変わってるっすもん」

ドキリとなりながら聞き返した。

「え？　そうかい？　影響受けてる感じ？」

「あー、はっきりそうっつーんじゃなくって、こう……前よっか自由な感じになった？　っつーか、あー……四角四面っぽかった角が丸くなってきた？　う〜ん、うまく言えないんっすけど。また一段上に行っちゃったなってことなんすけどね」

「あはは、そんな簡単にステップアップできたら苦労はしないって。

力が抜けた感じがしてるとしたら、昨日の晩の特別レッスンのおかげだよ」

そんなふうに答えながら、僕は、さっきから気になっていたことに話題を移した。

「なんかあそこ、完全に学生と社会人に分かれちゃってるね」

一続きのテーブルを分け合って座っている、松井くん達の学生組と、第一第二が混じってるバイオリンの女の人達のグループとのあいだには、おしゃべりもお酌のやり取りもないようなんだ。隣に座った同士でも、それぞれのグループのほうばかり向いていて、交流しようとしない。

「新人の子達とほかの団員さん達との仲はどうなんだい？　いつもああやって自分達だけで固

「まっちゃってるふう？」

　気がかりを言ってみた僕に、五十嵐コン・マスもうなずいた。

「っすね。俺も気にはなってるんっすけど」

「パートの中ではなじんでるんなら、べつにいいんだけどさ。まあ、前は学生団員は五十嵐くん達三人だけだったから、固まりようもなかったって面もあったんだろうけどね」

　いまのコン・マスは五十嵐くんで、団員の人間関係を心配するのは、もう僕の役じゃないってのはわかってるんだけど。

　でも四年間のコン・マス稼業で、世話焼きがすっかり身体《からだ》にしみついちゃってたらしい。どうにも、あの構図は気にかかる。

「あんまなじんでるとは言えないっす」

　五十嵐くんは用心深くボリュームを落とした声で打ち明けてきた。

「っつーか、練習に出て来ないっすよね。

　今夜来てるのは全員バイオリンっすけど、あ、一人はビオラっすね。みんなわりと、自分は弾けるからべつに毎回出なくってもいいんだ、って感覚つーか。トラ気分っつーか」

「団員……なんだよね？」

「会費は払わせてるっす。それは誰も文句言わないっすけど」

「でもエキストラ気分で、本番前ぐらいしか出て来ないってわけか。じゃあ来ても、M響さん達みたいにほかの人の面倒を見てくれたりはしてないんだ？」

「ないっすね」

即答した五十嵐くんの顔つきからして、その件で何かトラブルもあったようすだ。

女の子達と、前からいる人達とは、なじんでないだけじゃなく溝がある？

この話は、圭やニコちゃんにも参加してもらって相談するべきだと判断して、僕は、とりあえず僕にできるアドバイスを言ってみた。

「今日の席はフリー？　こういう時は、席はくじで決めるようにすると、それとなく混ぜられるんだけどね」

「あ、その手があったっすね」

「打ち上げの時はやってみるといいよ。こういう席でしゃべった相手とは、親しみができるもんだからさ。そのへんからお互いになじませてくっていうのも、いいんじゃないかな」

「うすっ」

五十嵐くんはそう返事をしたけど、内心は気乗り薄って感じだった。

僕はあらためて、五人の女子大生達を観察してみた。

僕の同級生達もそうだったけど、バイオリン科の女の子達っていうのは、持ち物はブランド品があたりまえって感じの、見るからにお嬢様な子が多い。

今夜も（今夜は、かも知れないけど）みんな高そうな服で着飾り……ああ、そうか、服装は小夜子《さよこ》さんと共通点があるよな……まわりからちやほやされるのがあたりまえだと思っているらしい、プチ王女様みたいな子達。

もしかしてそういう面でも、反発を招いてしまっているのかもしれない。とくに女の人達の。小夜子さんに対しては、女の人達もみんなファンになってた。尊敬されてる圭の妹だっていう事情もあっただろうけど、彼女自身のぐうの音も出させない完璧《かんぺき》な『女王様』ぶりが、崇拝心だけを引き寄せた。

キング・オブ・タクトってふうなカリスマ性を持ってる兄とおなじく、小夜子さんは、すっとあらわれただけで生まれついての身分差を納得させちゃうような、稀有《けう》なお嬢様だったから。

でも、あそこに固まってるお嬢様達は、そこまでのレベルには行ってない。むしろちょうど同性の反感を買いやすいようなお嬢様ぶりじゃないだろうか。これは……かなりややこしいことになっていそうだ。

そして、彼女達は事を起こした。

もっとも、古参の人達があらかた祝福のお酌を済ませたあとっていう、タイミングの計り方はよかったんだけど。

世話役を買って出てるらしい松井くんが立ち上がったのについて、席を立って来た彼女達は、それぞれが花束やプレゼント持参で圭を取り囲んだ。

集団で立ち並ぶにはスペースが狭かったんで、席を立って場所をゆずってあげた僕の耳に、松井くんが言うのが聞こえた。

「新入団のみんなを紹介します」

圭は椅子《いす》から腰を上げ、囲んだ女の子達から見下ろされるという立場を、自分が彼女達を見下ろすぐあいに修正した。

「ほら、菅野《すがの》さんから、自己紹介」

松井くんが指名でうながしたのは、半円に圭を囲んだ列の一番端の子。

「あ、あの、邦音のバイオリン科三年の菅野です。一月のM響の定演を聴いてファンになりました。よろしくお願いしますっ。それと、このたびはおめでとうございますっ」

差し出された赤いバラの大きな花束を、圭は「ありがとう」という返事とポーカーフェイスで受け取った。

二人目の女の子は真っ赤な顔でガタガタ震えながら圭にプレゼント包みを手渡し、圭は同じように受領した。

問題発言は、最後に自己紹介した子の口から出た。

「きゃ〜っ、お会いできてうれしいです〜っ」

と始めた彼女は、

「バイオリン科二年の神崎《かんざき》美保《みほ》で〜す。でもこっちではビオラで〜す」

と名乗った。ビオラが足りない穴埋めのために持ち替えをしてくれたというわけで、僕は、苦手なキャピキャピタイプだってふうに見た彼女への第一印象を持ち直した。

ところがだ、

「こんどぜひ、うちのフロイデにも振りに来てくださ〜いっ」

……彼女は興奮したかん高い声でしゃべっていたので、そのセリフはテーブルにいた人達全員の耳に入っただろう。その証拠に一瞬、テーブルはシンと静まり返った。

「客演の交渉は現在受けつけていません」

圭が間髪《かんはつ》を入れずにそう冷ややかな返事を返さなかったら、一瞬の沈黙は気まずく尾を引き続けただろう。

しかし、自分の失言に気がついていない彼女は、さらにミスを重ねた。

「じゃあ、ぜひ来年のスケジュールに入れてくださ〜い。お願いしま〜すっ」

彼女には、自分がフジミの団員だという自覚はまるでないのだった。こうした場で『うちのフロイデ』という言い方をし、そちらへの出演依頼なんてのを言ったのは、そういうことだ。

僕は手に汗を握る心地で、圭の答えに耳を澄ませた。

「客演の場合は、ゲネプロと当日リハがコミで、ワンステージ五十万です」

圭は言った。これ以上はなく事務的に。

「練習は、曲数によって一回五万ないし十万程度ということで」

そう続けて、

「ただし、M響とフジミのスケジュールが優先します」

とつけくわえ、

「ご検討ください」

と、軽い会釈つきで結んで、(話は終わった)という顔で彼女達に背を向け、席に戻った。

手元にあったビール瓶を取り上げ、

「石田くん、コップが空いていますよ」

なんて口実でニコちゃんに話しかけるという手で、不用意な失言への処理を完成させた。

「あ、あの〜、明日からの練習がんばりますから〜」

と勇を鼓《こ》した調子での声をかけた管野さんは、神崎美保のやった大ポカに気づいてフォローにまわろうとしたらしい。

圭は首をまわして、そんな彼女にジロリと目をやり、にこりともしないで言った。

「ええ、よろしく」

そして中断された石田さんとのおしゃべりに戻った。

「おまえ……なァッ」

松井くんが、そばにいた僕にしか聞こえなかっただろう声で言いながら、神崎さんの頭を小突いた。

でもわかってない彼女は、松井くんがジャレたと思ったらしく、「なんですかァ?」と眉《まゆ》をひそめて、わざとらしく手で髪を直し……席に戻っていきながら、仲良しらしい子にウキウキと話しかけた。

「ねえっ、部長に言ってみましょうよ、ねっ？」

（あ〜あ）と僕は思った。

こりゃァ五十嵐コン・マスが泣きたくなるわけだ。

オケを掛け持ちするのはいい。僕もそうだったし、五十嵐くん達だってやっている。

でも、フジミに来ている時にはフジミの団員としてふるまうのが常識だし、彼女が持ち出したような話は、ほかの団員さんの耳には入らないTPOを選ぶといった気遣いをやって当然だ。

それをまあ……世間知らずというレベルじゃなく、まるで子どもっぽい常識のなさ。

日頃のエキストラ気取りのふるまいとあの発言で、披女は、『自分は桐ノ院圭のファンであって、フジミに参加したのは圭がいるからであり、フジミ自体にはべつだん興味がない』という、社会常識的にはおなかの中にしまっておくべき本音を、すっかり露呈してしまった。

それでもニコちゃんは、「来るもの拒まずがフジミ」だからって容認するだろうけど、そのほかの団員さん達は、そこまで寛大にはなれないだろう。

みんな良識ある人達だから、口に出してどうこう言ったり、大人気ない行動に出たりなんてしないだろうけど、彼女への（あんたみたいなのは辞めてくれないかね）って不愉快気分は、今後なんらかの摩擦を生むだろう。

遠慮して立ってやっていた席に戻りながら、僕は、ニコちゃんと話している圭のひじを（ねえ）と指でつついた。

話に切りがついたところで（なんです？）と振り向いてくれた圭に、小声で言った。

「女難だね」

僕のセリフはニコちゃんにも聞こえたらしく、

「まったくねェ」

と世話人さんは苦笑した。

「明日の練習のようすを見て、必要ならば何らかの手を打ちます」

圭がきっぱりと請け合い、僕はニコちゃんと顔を見合わせた。

（どう思います？）

（う〜ん……）

「明日ようすを見てみてから、どう持っていくかは五十嵐くんや飯田さんにも入ってもらって相談する、って段取りがよくないかい？」

僕の提案に、ニコちゃんもうなずいた。

「ああ、そうね。そうしようか、コン？」

「僕はかまいません」

圭も同意して、僕達は彼への手綱《たづな》つけに成功した。

ただし圭の返事には、いささかならず不服そうな響きがあったんだけど。

だってなァ、まさかとは思うけど、常任指揮者権限で彼女への退団勧告なんてもんをぶちかまされたりしたら……どう考えたってあとが怖いって。

いまがXデイ直前だってのは、きみも重々承知してることだし、きみの判断力を疑う気はないけど、さっきの「手を打ちます」には剣呑《けんのん》な感じがあったよ？

だから、ニコちゃん達との相談で方針を決めようって慎重策を採らせてもらったんだ。これもひとえにフジミのためだから、辛抱してくれよね。


さて、祝賀会がはねたのは九時半過ぎで、僕達は十時過ぎに家に帰り着いた。

「ただいま帰りました〜」

と、この家の陰の家主である光一郎さんへの、本日二度目のあいさつを言いつつ、抱えてきた花束を上がり口の板の間に降ろし、靴を脱いで玄関を上がった。

「ふうっ。お疲れさん」

と振り返って、圭の手をふさいじゃってる花束を受け取ってやって、圭が玄関の鍵《かぎ》を閉めて。

そのカチャンという音に、なにやらひどくホッとした。

「ただいま戻りました」

圭が光一郎さんの額絵に向かってあいさつを言い、僕は、一度には四つが限度の花束を抱え上げて台所に向かった。

圭がもらった花束は全部で七つ。花びんはピアノ室にある一個だけだよなァ。入るだけ突っ込んじゃって、残りは洗いおけにでも差しとくしかないなァ。

台所のテーブルに花束を置いて、残りを取りに戻ろうと振り向いたら、もう圭が運んで来てた。

「これではまるで花屋だ」

と顔をしかめた圭に、

「花びん持って来る」

と言い置いてピアノ室に行こうとしたのを、呼び止められた。

「ん、なに？」

「キスがまだです」

「あはっ、ほんとだ」

一緒に出かけて一緒に帰ってきた時でも、家に入ったらするのが決まりの『ただいま』のキスを、唇と唇でチュッと交わした。

でも顔を離そうとしたら、圭が腰を抱き捕らえて引き戻しにきて。やり直しじゃなく、その先へ行くためのキスをしてきて。

うん、いいよ。こんどは玄関の外で待ってるお客はいないから。

僕達はゆっくりと深いキスを堪能し、一度じゃ足りなくて何度も何度も、心ゆくまで快感を楽しむキスを味わい、それからしばらくじっと抱き合った。

「やっぱり家っていいねェ、ホッとする……」

圭の肩に頭を預けたままささやいた。

「長旅と宴会で疲れたでしょう」

バリトンが耳元でやさしくささやき返し、大きな手がネコでもなでるみたいに僕の背中を二、三度愛撫《あいぶ》して、また腰を抱きしめに戻ってきた。

「ん〜……ちょっとだけね」

「二階に上がりましょう」

と圭が言ってきた意味は、密着させた身体《からだ》で悟っていたけど、

「風呂《ふろ》、入ろ？」

という反論を出したのは、自分の身体の汗臭さが気になってたから。

「ですから、二階へ行きましょう」

「あ、そうか。シャワーが出来てたんだっけ」

階段を上がりかけて、やろうとしてたことを思い出した。

「あ、待って、花」

「一晩ぐらい置いても枯れはしません」

「……かな」

　ということにしてしまおう。うん、いいかげん疲れちゃってるし。神崎美保のバラなんか、しおれちゃったっていいし。

　……あは、心の狭い僕。でも……嫌いだよ、あんなガキ女っ。

「きみは？　もう一度浴びる？」

「お先にどうぞ」

「うん」

　そんな相談でシャワーをし始めたら、あとから圭も入って来た。

　メガネを外してるから、姿は輪郭のはっきりしない色彩としか認められないけど、すらりと背が高くて肩幅が広い彼の身体は、胸筋も臀筋《でんきん》も大腿筋《だいたいきん》もたくましい、男性美の極致を備えているのを知ってる。

　この美しい男が僕のものなんだって思っただけで、発情した。

　そしてもちろん圭は、最初からそのつもりでいて。

　壁に向かって立たせた僕をバックから責めながら、圭がそそのかしを言った。

「窓がないぶん音は洩《も》れませんから、存分に声を上げてもだいじょうぶですよ」

「や、やだよ、こんな響いちゃう中で」

　僕は声を殺して抗《あらが》った。

そうなんだ、床も壁もタイル張りだもんで、喘《あえ》げばその息づかいが増幅されて耳に戻って来るぐらい、反響がきつくってさ。音が耳について、どうしようもなく喘いでしまう息をするのも恥ずかしいっていうのに。

でも、

「聞かせてください、悠季、きみの悦《よろこ》びのカンツォーネを」

なんてささやいてきた圭は、声を上げずにはいられないような責め方で僕を追い詰めにかかって。

「んうっ、うふっ、ふ、あっ、ああっ、ああっ！　ああんっ！」

ついにそんな大声を出させられてしまった。

「ええ、いいですよ、もっと歌って。きみが感じている悦びを、僕も受け取れるように」

いったん出てしまった声は止めようがなくなってしまったというか、耳から入って来る淫靡《いんび》な刺激に、羞《は》らいを覚える理性が負かされたというか。

僕は、自分のよがり声や圭の息づかいに溺《おぼ》れる感じで惑乱を深め、喘ぎに混ぜて圭が口走る睦言《むつごと》や感じている呻《うめ》きに煽《あお》られて、いいだけ声を上げてしまった。

「いいっ、いいよ、すごくっ、あっ、そこ、そこ、クる、キてる、来て、もっと来てっ、あはっ、あふうっ、はあっ、はあっ、あ……イ、イク、圭、圭っ、圭……っ！」

「うっ、も、限界っ」

かがめていた背を後ろからぐいと抱き起こされ、角度の変わった圭に思いきりグリッと前立《ぜんりつ》腺《せん》をこすられて、ヒッとのけぞった。

その瞬間にイッた僕のそれは、壁のオーシャンブルーのタイルに白い花となって咲き、圭のそれは僕の奥に熱く注ぎ込まれた。

「あ……あ……はァん」

僕の甘ったれた鼻声はタイル壁の反響でなおさら甘ったるく響き、赤面した僕の耳に、

「たいへんすてきでしたよ、悠季……」

と圭がかすれたバリトンを垂らし込んだ。

「……ほんとに、外には聞こえてないだろうね」

いまさら遅い確かめを言った僕への返事は、

「きみの艶《なま》めかしい声は、僕だけが味わえる占有物です」

なんて言葉と、耳へのやさしいくちづけで。

キスをしたい。でも、壁から手を離したら立っていられなそう。

「圭……」

と首をねじ向けて、僕の望みをわかってもらおうとした。

圭は察しよく僕の望みをかなえてくれた。抜いた身体を抱き支えながら振り向かせて、僕が彼の肩に抱きつけるようにしてくれてから、存分に甘いキスを楽しませてくれて。

温かいシャワーで汗と残滓《ざんし》を洗い流してもらって、ポプリの香りがするバスタオルで拭《ふ》いた身体にバスローブを着せてもらって、ドアを出れば寝室。たしかに、これは楽だ。

「あれ、冷蔵庫も入れたんだ？」

「ホテルの部屋のようで感じがよくないですかね。ビールとミネラルウォーターがありますが」

「水……のほうがいいな。まあ便利だし、いいんじゃない？」

「どうぞ」

「ありがと」

ベッドに腰かけて、瓶入りのミネラルウォーターに口をつけた僕の横に、圭も腰を下ろしてきた。手には缶ビール。

「なんか……ひさしぶりだね、こういうのって」

言ったら、圭も（同感です）と目で笑った。

国道からちょっと入った住宅地の中の家なんで、車の音も聞こえない。ここで暮らしてた時には気がつかなかったけど、静かだよなァ。圭がゴクリゴクリとビールを飲み下す音まで聞こえる。

何の気がねもなしにくつろげる、僕達の巣穴。幸せなゆったり感……

渇きのおさまった身体を、ひんやりとしたシーツに横たえた。

ああ、気持ちいい……そういえば、何日まともに寝てなかったのかな。ガラコンサートを聴きに行ったブダペストでの夜も、進んでない練習が気にかかってよく眠れなくて。

今夜もちょっとでも弾こうと思ってたけど、もう無理だな。いいや、休養日ってことにして寝ちゃおう。あと少しおしゃべりをしてから。

「……あの飯田さんのスピーチ、さ。ほんとかな」

おだやかなバリトンがやわらかい口調で答えた。

「僕を常任にという話が進んでいるという、あれですか？」

「うん」

「まあ、ないでしょうね」

「じゃあ、飯田さんがガセを吹いたって？」

「理事会はネームバリューへのこだわりが強いですから。あるいは『常任指揮者待遇』という話にはなっても、肩書きはいまのままで行くのではないでしょうか」

「それって給料だけ上がるってこと？　そっちこそないんじゃない？　『常任』ってなれば、きみのスケジュールに堂々と縛りを入れられるけど、財閥の御曹司《おんぞうし》を多少のベースアップなんて餌《えさ》で捕まえとけるもんかどうか、考えればわかるじゃないか」

「しかし、天下のM響ですよ？」

「でもきみは、ブダ響の客員席を手に入れて来てるんだぜ？」

「お呼びがかかる可能性は作った、というところですよ」

飲み終えた空き缶をきちんとサイドテーブルに置いた圭が、僕の隣に寝ころんできた。腕を枕《まくら》に敷いて、フウッと心地よさげな吐息をついた。

「来るよ、絶対。ブダ響とM響の出演依頼がバッティングしたら、どっち取る？」

「あー……きみの居場所によりますね。きみがまだローマにいる時期なら、ブダペストのほうを受けます」

「すっごい公私混同」

「楽団のレベルとしては同程度なのですから、余得がつくほうを選ぶべきでしょう」

「僕はオマケかい？」

「ええ、それ欲しさにキャラメルを買うオマケです」

「ぷっ、どういう言い方だよ」

「願わくば『ソロ・守村悠季』のコンチェルトのみを振りたいのですが」

「だったら、きみが給料を持つ専属オケを編成するしかないね。で、ギャラが安けりゃ何でもいいっていう興行主を探しながらのドサまわり生活だ」

「ああ、いいですね。それは楽しそうだ」

圭は天井を見上げたまま、にっこり笑って言った。

「大型バス一台分、四十人ほどのキャラバンを組んで、風が吹くままに放浪するような演奏生活をやりましょう。ソロがない曲をやる時は、きみはコンサートマスターとして第一バイオリンの第一プルトに座り、僕のタクトで弾く。きみの故郷でも公演をやり、世界もまわりましょう。僕の理想とする音色を引っ提《さ》げた世界的な音楽乞食《こじき》オーケストラとして、自由なボヘミヤン活動を楽しむのです」

「ふふ……だったらぜひ、仕事をふんだくって来るのが得意な、有能なマネージャーが必要だね。

それと、フジミはどうするんだい？」

圭の理想の音色を実現する楽団の構成員となったら、一流の腕前であることが必須条件だろう。

「ええ……」

と、圭は考え込む顔をした。

「一家の大黒柱であるとか、社内での責任ある立場を背負っているとかいった団員も少なくありませんので、各人の自主的な参加に任せるほかはないでしょうね」

「それ……って、きみのボヘミヤン楽団の主力はフジミの人達、って考えてる……ってこと？」

「もちろん」

と圭はうなずいた。そして「もちろん」とくり返して、続けた。

「これがまるで非現実的なプランだということは、わかっています。それぞれ家庭の事情があり、職業も持っている諸君ですから、たとえば一、二泊の演奏旅行さえ無理だというのが現実でしょう。

しかし、夢の翼を広げて想像を楽しむのは、僕の自由ですので」

「じゃあ明日からの四日間は、その夢が現実化するわけだね」

「ええ、楽しみです」

きりっと整った端正な横顔を見せながら、うれしそうに笑った圭は、子供みたいな表情をしていて、僕は、（彼って稀代《きだい》のロマンチストなんだ）と改めて思った。

たとえ百年絞り上げたって、フジミがM響やブダ響のような演奏をする日は来ない。それが事実で、現実だ。

圭が欲しい理想のMyオーケストラは、演奏的には僕の腕前が下限ってところで、人間関係的には、ワイワイと気のおけないおしゃべりを楽しみながらのバス旅行がやれるような、フジミの雰囲気を持ったオケ。

あは、そうか、大型バスで移動っていうアイデアは、今日のマイクロバスの旅で思いついたんだね。あれが楽しかったから……

もしも魔法ってもんが本当にあって、フジミの人達がそれぞれプロ並みの演奏力を持つようにできれば、きみの夢がかなうんだけどな。

きみが持ってる夢は、そういう夢。百パーセントに実現させることは絶対不可能な……ああ、見果てぬ夢って言い方がある、あれなんだよね。……ちょっとせつないね。

「そろそろ寝ませんか？」

圭が言って来て、二人で毛布の下に入り直した。

「あ、花。やっぱり水につけて来よう」

「明日でいいでしょう」

言った圭が、ぼそりとつけくわえた。

「つまらないことを思い出させないでください」

たしかにね、僕も頭が痛いよ。あの子達がちゃんとフジミを理解してなじんでくれるならだけど、どうだかなァ……

思わずハアッとため息をついた僕に、圭がこちら向きに寝返りを打ってさりげなく体を寄せてきながら言った。

「考え事は明日にしませんか？」

「うん」

僕も横寝になりながら、なんとなく触りたくなって、圭のバスローブの胸に手を差し入れた。たくましい胸筋の手ざわりが気持ちいい。

「悠季？」

と耳に問いかけてきたバリトンには答えずに、探り当てた乳首を手のひらで愛撫《あいぶ》した。

それはきゅうっと硬くなり、僕の乳首にも甘ずっぱいうずきが張り詰めた。

「疲れていませんか？」

言いながら圭も、僕のローブの裾《すそ》から手を入れてきて、ノーパンのままの尻《しり》をなでまわした。

セクシャルな電流がゾクゾクッと背筋をくすぐる。

「……まったく元気」

「では、第二楽章を」

圭がうれしそうにささやき、僕は彼をキスに誘った。

最初はゆるやかなアダージョでのまさぐり合い。くつろいだ気分がやがて性感に高ぶり始めて、でもまだ落ち着きを保ったモデラートでの前戯に移行し……

「ん……あ、ん……」

舌と舌とでセックスする淫《みだ》らなキスに溺《おぼ》れながら、たがいのアニマートなペニスをアパッショナートに愛し合い……

圭がアッフェトゥオーゾに僕のアナルを指で犯してきた時、僕の気分はもう急き込んだアジタートになっていて、圭の腰に脚を絡めて（早く欲しい）とねだった。

圭はそんな僕をさんざんにじらして、あられもない懇願を引き出し、すっかりたまらなくさせてから、大きく僕の脚をひらかせて情熱的なクライマックスへと……！

「あっあっあっ、ああっ！　ああんっ！　ああ、ああっ、あああっ！　け、圭〜っ！」

「ええ、そう、もっと欲しがって！　全身で思いきりパッショナートに歌ってごらんなさい。もっと深く、もっと熱く燃え狂いたいと、求めて！」

「あああんっ！　も、もうっ、だ……め」

本気を解放した圭のセックスの激しさは、ついて来いって言われても、一般人が国際マラソンのトップ集団に混じって走ろうとするようなもんで。

動悸《どうき》・息切れ・めまいにハアハア喘《あえ》ぎながら、まだまだ走りたかったに違いない圭にあやまった。

「ご……ごめん、全然……ついてけなくって……」

「よかったですか？」

ほほえみを浮かべて僕の顔を覗《のぞ》き込んできた、汗だくの美貌《びぼう》の唇にキスを贈って、

「……すごく」

と答えた。

「では、けっこうです」

口調はまじめくさって返してきた圭の表情には、蕩《とろ》けるような笑みしか見つけられなかったけど。

「でも、きみは……物足りなかったろ?」

「きみが至福の表情でイクのを見つめながら、僕自身の熱をきみの奥深くで解放した、いまのフィニッシュが?」

「じゃあ……よかった?」

「最高の満足感を持って終止線を引いたところですが、ご希望ならば『D.C.』(ダ・カーポ=初めに戻る)と書きくわえて、再度リピートします」

「……死ぬって」

と申告して、延長戦は勘弁してもらった。

圭はたっぷりと余韻を楽しむ時間を取ってから、起き上がりたくない僕をベッドの上できれいにしてくれて、自分はシャワーを浴びに行き……

(あ、練習)

と起き上がりかけた気持ちを、

(いいんだ、休養日、休養日)

となだめて寝かしつけた。

今夜はこのままぐっすり眠って、明日から本番までに必要な英気を蓄えるんだ。

やがて圭が戻ってきて、僕達は裸のまま抱き合って眠りに落ちた。

翌日の木曜日。目覚ましをかけ忘れてたけど、八時過ぎに目が覚めた。

朝食のしたくを、と思ってベッドを出たところで、食料の用意はないのを思い出した。

しまったァ、買い物をしとかなくちゃいけなかったのに、まるっきり忘れてた。

「圭、ごめん、朝めしちょっと遅くなるよ」

シャワー室に行きながら、洗面所で髭剃《ひげそ》り中だった圭にそう声をかけた。

「コンビニまで行かないとコーヒーもないんだ」

「ああ、僕もうっかりしていました。もうすぐ済みますから、僕が行ってきますよ。コーヒーとパンと……」

「ベーコンエッグが食べたければ、卵とベーコンもね。あと、バター」

「了解」

圭って男は、包丁を持ち始めたころは切り傷が絶えなかった不器用さのくせに、髭剃りは電気シェーバーじゃなくT字カミソリ使用で、それもふつうの使い捨てとかじゃなく、レトロ風な変わった品を愛用してる。

真鍮《しんちゅう》らしい黄銅《おうどう》色の柄と、おなじ材質の刃をはさむ部分が、ねじ式でバラせるようになっていて、専用のケース付き。替え刃は昔ながらの、両刃で一枚もののやつだ。

なんでもドイツ製の旅行用なんだそうだけど、いかにも紳士の持ち物って感じでカッコイイ。

かなり古びてるから、もしかするとお祖父さんあたりからのお譲りかもしれないな。

道具に合わせてか、圭は髭剃り用に塗るのもスプレーとかのシェービングクリームじゃなしに、小さな刷毛《はけ》に石けんを溶かし塗ってという古風な方法だ。理髪店で使ってる、猫のしっぽの先みたいな刷毛でやるわけ。

あれで石けんの泡を塗るのって気持ちいいんで、僕も時間がある時は刷毛だけ借りたりするんだけど、圭は毎日の習慣にしてる。

そういう小さいところで、こだわりの手間をかける圭の生活スタイルは、要するにおしゃれってことなんだと思う。僕はなかなか真似できないんだけどね。

さて、僕がシャワーを終えて着替えを済ませたころには、もう圭は買い物から帰ってきていて、下りていった台所にはコーヒーのいい香りが漂っていた。

苦肉の策のコンビニ・サラダ添えベーコンエッグで朝食を済ませると、僕達はそれぞれの用件を済ませに二人で家を出た。

僕は、福山先生へのごあいさつと、小田《おだ》弦道さんのところへ弓の張り替えを頼みにいく用事。圭は、芸大時代の恩師である南郷忠太《ちゅうた》先生のところへコンクール入賞のあいさつに行き、そのあとM響に報告にまわる。

「ええと、いま十時七分前……ってことはァ、大学に着くのが十時半。で、ごあいさつして新《しん》宿《じゅく》に行って、十二時半……うーん、一時かなァ、確実なのは」

駅への道々、そんな計算を言ったのは、M響がある泉岳寺の喫茶店『サフラン』で落ち合う時間の打ち合わせ。

　弦道さんに弓を預けたあと、仕上がるまでの待ち時間が空くんで、時間つぶしをかねて僕が泉岳寺まで足を延ばすって相談になってるんだ。『サフラン』には高校中退のフジミ団員で、ソラくんと仲の良かった遠藤くんがいるからさ。彼のようすを見がてらってことでね。

「僕は、午後は夕方までまるまる暇ですから、時間は気にされないでいいですよ。適当に来られれば、『サフラン』にいますので」

「うん、こっちも小田さんには電話してOKもらってあるし、先生のところはお土産《みやげ》持って顔出すだけだから。案外、十二時ごろには行けちゃうかもしれない。僕のほうが早かったら、遠藤くんやマスターとおしゃべりしてるから」

　一緒の電車に乗って、僕は大学の最寄り駅で降りて、行ってらっしゃいと圭を見送った。

　さァてと、うまく先生の空き時間をつかまえられるといいけど。

　福山先生は、僕の母校である邦立《くにたち》音楽大学の助教授でいらして、平日の昼間は受け持ちの学生達のレッスンを次々とこなされる、かなりお忙しいスケジュールだ。

　そうとわかっていて、大学にお邪魔することにしたのは、先生がおいでの時間にご自宅にうかがうとすると、月曜日の夜になってしまうからだ。

　今日も含めて金土日の夜はフジミだし、名古屋往復をやらなくちゃならない日曜日はもちろん、土曜日も朝から練習とゲネプロで、代官山《だいかんやま》まで出かけて行く余裕がない。

しかし月曜日っていうのは、明日はイタリアに戻りますっていう日で、恩師へのあいさつを日程の最後にまわしたふうになっちゃうのはぐあいが悪い。

そこで、ちょっと略式になるけど、大学のほうへお訪ねすることにしたんだ。

卒業して四年目になるキャンパスに踏み込んだあたりから、心臓がドキドキし始めた。

じつは、留学した直後に、エミリオ先生への礼儀がなってないっていう電話でのお叱《しか》りを食らって、その時に「きさまのような奴《やつ》は破門だ」って言われちゃってさ。以後、何度か電話を差し上げたけど、留守か居留守かでとうとう話はさせていただけないまんま。

三通出した報告の手紙が、受け取り拒否で戻って来はしなかったことからして、少しはお怒りを緩めていただけてることを期待してるんだけど、ほんとのところは、お会いしてみないとわからない。

顔を見るなり蹴《け》り出される可能性も覚悟しての、福山詣《もう》でだ。

向こうで仕入れてきた麻美《あさみ》奥様ご推薦のワインが、効いてくれるといいんだけど……ああ、ドッキドキだァ。

講師室には先生のお姿はなかったんで、廊下で待たせていただくこと、三十分。

レッスン室に上がる階段口から、いつもの怒ってるみたいな早歩きで先生がお見えになった。

僕に気がつかれると、先生のほうから声をかけて来られた。

「なんだ、とうとうエミリオにも愛想《あいそ》を尽かされたか！　そうだろう、そうだろう」

うっ、相変わらずの福山節だ〜。

「まだ面倒を見ていただいております。私用で一時帰国しまして、向こうのワインを持ち帰りましたので、麻美奥様からのお預かり物と一緒にお届けに」

「おう、麻美は元気か」

「はい。たいへんよくしていただいております」

先生が講師室へ入っていかれたので、僕も続いた。

たぶんレッスンの合間の休憩だろうから、とりあえず持参の土産品をお渡しした。

「こちらが麻美奥様からです。イタリア国内で出回るだけで、輸出はされていないワインだそうですが、先生のお口に合うと思うのでぜひご賞味くださいとのことです」

「ああ、喜んでおったと言ってくれ。

それで？　結婚式で《チャイコン》を弾きに帰ってきたんだと？」

「はあっ？」

と思わず変な返事をしてしまった。

「あ、いえ、半分は姉の結婚式のための帰国ですし、チャイコンもやりますが、そちらはフジミの定期演奏会で」

「あのアマオケか？」

先生はそれをフンと鼻を鳴らすみたいな口調でおっしゃり、僕は取り急ぎ弁解にかかった。

「あ、はい、大学を卒業したあとの演奏活動の場として、僕にとっては足を向けて寝られない恩も愛着もある楽団でして」

とは言っても、先生から見ればフジミは『アマチュア達の趣味の演奏活動』で、プロを目指して巨匠のもとに弟子入りさせていただいてる僕が、それにつき合うために大事な修業を抜け出してきたってのは、「何を考えとるんだ、馬鹿もん！」ってなお咎《とが》めを食らうんだろう……

僕はそう心ひそかに覚悟してた。

ところが、先生がジロリと僕を見ておっしゃったのは、

「アマチュア相手のステージだからって、稽古《けいこ》の手は抜いとらんだろうな」

なんてお言葉で。

「は、はい、もちろんですっ。ただ、時間が充分には取れなくて」

「まあ、そうだろう。おまえみたいなとことん飲み込みの悪い越後《えちご》のドテカボチャが、たった一か月やそこらで、チャイコンを根っこからひっくり返してモノにするなんて芸当ができるわけがあるか」

「あ、はあ……」

首を縮めて答えながら、僕は、（これは、麻美奥様から相当くわしい報告が来てるってことだな）と思い、内心青ざめた。

初めての海外生活でなかなか足が地に着いてくれなかったあいだや、圭との揉《も》め事で気もそぞろだった日々を差し引いて、没頭するっていう感じにチャイコンと取り組めた期間というのは、実際のところ、延べ一か月あったかどうかってふうで。

そのことが先生にはきっちり伝わってるんだ。

ということは……僕と圭の関係も？　あのカミングアウトも報告されちゃってる？

だとしたら、ああっ、先生の一見ご機嫌がよさそうなようすは、振り下ろされる予定の鉄槌《てっつい》に、さらに致命的な効果を上乗せするための罠《わな》なのか？

「オケは誰が振るんだ」

というご下問は、僕の恐怖を図星に刺し貫き、でも先生の前で嘘《うそ》は言えなかった。

「エ、M響副指揮者の桐ノ院圭さんです」

さあ、次だ、次になんて来る？　怖い、聞きたくない、逃げ出したい！　お願いです、何もおっしゃらないでください！

「ふむ、例の忠太の弟子か」

先生はおっしゃった。それから、座っていらした机の前の椅子《いす》から立ち上がって、入口の横のレッスン室の鍵《かぎ》が掛けてあるボードのところへ行き、二つ残っていた鍵の一つをチャラと外した。

「おい、何してる、行くぞ」

と僕に向かって頭を振った。

「は……い、あの……」

「せっかくバイオリンを持って来とるんだ。忠太自慢のロバ小僧と、どのくらいやり合えそうか、聴いてやる」

「は、はいっ」

目は白黒でも、僕にはその返事しか言えない。

先生のあとについて廊下に出て、階段を上り、懐かしいような二度と来たくなかったような廊下に踏み込んだ。

ずらっと並んだレッスン室のドアや、あれこれのポスターやチラシを貼《は》ってある壁だけではなく、この階の空気全体に、僕の四年間の悪戦苦闘も含めた学生達の悲喜こもごもが染み込んでいるような、この場所……

この廊下を、涙も出ないような絶望感を抱え、鉛のように重い足を引きずってたどった日々が、昨日のことのようによみがえる。

僕はここで、思い描いていた夢を「甘い！」と蹴散《けち》らされ、それまでに学んできたことを「役に立たん！」と突き崩され、手に入れていると思っていたあれもこれもを「うぬぼれるな！」で粉砕され、粉みじんになったところへ「やる気のない奴は越後へ帰れ！」と冷や水をぶっかけられ。これでもかってほどに踏まれて踏まれて踏まれて……

いま思えば、あれは、山から掘ってきた粗粘土《あら》から、小石などのじゃま物を取り除き、肌目《きめ》を整えるためにゴリゴリと臼《うす》で挽《ひ》き、水を打っては丹念に踏み練って陶土に練り上げるような『訓育』だったんだとわかる。

ホケホケした子供っぽい夢想や、根拠のない自信や無用なプライドといったじゃまな不純物を、僕の中からたたき出し、謙虚な可塑性《かそせい》を備えさせるために容赦《ようしゃ》ない挽き潰《つぶ》しにかけ、緻密《ちみつ》な音楽意識を持たせるべくガミガミと必要な練りを施し……

あの四年間にくぐらされた地獄は、そういうことだったんだと、いまはわかる。ああして鍛え上げていただいたからこそ、いまの僕があるんだってことも。

「おい、ここだ」

と呼び止められて、あわてて二歩戻って、レッスン室のドアをくぐった。

ああ、この部屋……一年の時のレッスン場所だ。

あのころは、毎週来なくちゃならないここを拷問部屋みたいに感じてて、前期の後半あたりなんかは、ストレス性の吐き気を必死の意地でこらえながら通って来てた……

思い出としてはなつかしく感じないでもないけど、もう一度あの時代をくり返したいかと言われれば「絶対御免！」な、僕の青春の一現場。

「なつかしかろう」

とせせら笑うみたいに言われて、

「はい」

とうなずいた。どうやら先生は、ここで僕に浴びせた罵言《ばげん》の数々を覚えておられるようだ、と感じながら。

バイオリンケースを開けながら、こうなることを予測して朝から練習して来るべきだった自分の、先見の明のなさを呪《のろ》ったが、いまさらどうにもならない。

ピアノから音をもらって念入りに調弦をやって、必要な集中力を招き寄せて下腹に落ち着かせるのに一分間ほどいただいて。

(ここは本番のステージだ。いいな、本番のステージだぞ)と五、六回しっかりと自分に言い聞かせて、弾き始めた。

第一楽章のソロの冒頭から、第三楽章の末尾までの全曲を、先生はじっと目をつぶってお聴きになり、弾き終えてドキドキと講評を待ってた僕におっしゃった。

「おまえの音は、おまえ独特の透明感があって好きだな」

思わずハタと先生の顔を注視してしまった。

「なんだ、そのハトが豆鉄砲を食らったような顔は」

とギュッと眉《まゆ》をしかめられて、あわてて顔つきを作り直した。

先生はフンッと鼻を鳴らされ、

「そんな取り柄でもなきゃ、誰が越後のぽっと出を四年間も面倒見るか」

そう、いつもの毒舌調で吐き出されたけど、でも言ってくださった中身は……

「越後は米もよくできるし、酒の名産地だ。そういう土地は、水がいい。

おまえ、実家は農家だったな」

「あ、はい」

「水は井戸水か？」

「水道も来てますけど、煮炊きには井戸の水がおいしいと、母親は……」

「だったら、生まれた土地に感謝するんだな。おまえの音を育てたのは、越後の田んぼを吹く風や、いい酒を造る美味《うま》い湧《わ》き水かもしれん」

いきなりそんなことをしゃべり始められた先生の、仏頂面ってお顔は、照れていらっしゃる……のか？

「人間というのは不思議なもんで、生まれたのは母親の腹からでも、育った土地の養分に感性が左右される面があるようでな。

東京生まれで東京育ちの人間には、おまえが持ってるような根底的な透明感ってやつは、どう足掻《あが》いたって手に入れられまい。俺《おれ》はそう感じる」

折りたたみ椅子に腰かけ、腕組みをなさった先生の目は、窓の外に向けられていて、僕は（この方って、じつはすごくシャイなのか？）と気がつきながら、弟子になって以来初めてうかがう、おしゃべり調の長広舌をうかがってた。

「おまえの音には、米どころの澄んだ湧き水の旨味《うまみ》がある。また飲みたいと思わせるような、な。

ただし俺は、水そのものよりも、その水が生み出した名酒を楽しむほうが好みだ。

俺がおまえをエミリオに預けたのは、まあ、そんな意味だということで、精進しろ。

とりあえず、忠太の弟子に食われずに守村なりのチャイコフスキーをやれるかどうかだな」

そして、組んでいた脚をほどいて椅子から腰を上げながら、つけくわえられた。

「バイオリン・コンチェルトは、ソロ・バイオリンが主役だ。忠太の弟子なんぞに負けおったら承知せんぞ」

僕は、思ってもいなかった僕への好意的なお言葉に、いささかならず面食らったまま、

「はい」

と答えた。

アドバイスは、『圭が振るオケに食われるな』……ですね？　はい、がんばります。

「行けたら聴きに行く」

うっ。

「ありがとうございます。受付にチケットをご用意させていただきます」

先生はそのまま部屋を出て行かれ、僕は「ありがとうございました」と見送った。

……フウッ。あー、緊張した。けど……なんか……すごいことを聞いちゃったんじゃない

か？

先生が、僕の音を『好きだ』って思ってくださってる……？　ほんとに？　でも、でも先生は、ああいうことを、その場限りのいいかげんなお世辞としておっしゃるような方じゃないよな。

ってことは……先生は僕の音を『いい』って認めてくださってるってことで……僕のバイオリンを認めてくださってるっていうことで……ああっ、どうしよう！　うれしくってコサックダンスでも踊っちゃいたいような気分だ！

でも僕が踊れるのは、小学校の体育で習ったフォークダンスと、圭から習ったワルツだけだし、ドタバタやって身体《からだ》で発散するような習慣もなかったんで、ただじっと、そのうれしい気分を嚙《か》み締めた。

バイオリンと弓をケースにしまい、先生が置いて行かれた鍵《かぎ》でドアを閉め、鍵を返しに講師室へ戻った。

先生はおいでにならなかったんで、僕が持って来たワインが置いてある先生のお席に向かって深いお辞儀を送って、退出した。

門に向かってキャンパスを歩きながら、僕は何度も何度も意識して顔を引き締めなきゃならなかった。僕の音を「独特の透明感があって好きだな」とおっしゃった、先生のお声を反芻《はんすう》するたびに、ニイッと顔が笑っちゃうんだ。

ああ、圭、きみにこの気持ちがわかるかな。ガミガミ叱《しか》るばっかりだった怖い先生が、僕の音を好きだって言ってくださった。だから大学時代も日コンの時も、面倒を見てくださったんだってさ。

福山先生は、僕の音が好き……あははっ、たまんないなァ……涙が出てきちゃうよ。

先生がおっしゃってくださった「好き」は、その後の僕の音楽人生を支えるアイデンティティの一つになったんだけど、そうしたものを得たことが、それとなく顔に出ていたんだろう。次に訪ねた弓師の小田弦道さんの奥さんに、「お顔つきが違ってきた」なんて言われた。

「ご高名なお師匠さんにおつきになって、お稽古《けいこ》がぐんぐん進んでいらっしゃるんでしょ？」

いえいえ、ご謙遜《けんそん》。伸び盛りの方は、お顔の色つやと言いますか、目の輝きが違うと言いましょうかねェ。拝見すればわかるもんでございますよ。

ええ、今夜の練習からお使いになるんですよね。三時ぐらいまでには仕上がると申しております。よく使い減らしていただいて、張り替え甲斐《がい》があると申しておりました」

弦道さんが無口で無愛想《ぶあいそう》な分をフォローするみたいに、愛想がよくて話し好きの奥さんは、ローマ空港で買ってきた焼き菓子の詰め合わせなんていう手抜きの土産を、恐縮するほどの大感激で受け取ってくださって、僕は、次はもっとちゃんと吟味《ぎんみ》した物にしようと心に誓った。

三十分ほど茶飲み話をして、弓が出来上がるのを待つあいだに片づけたい用件があるからと、座を立った。

圭と待ち合わせる約束の泉岳寺に向かいながら、福山先生のうれしいお言葉をガムでも噛《か》むみたいに心ゆくまで反芻し、それからエミリオ先生のことを考えた。

イタリアのお宅で初めてお聴きいただいた時に、「ユウキの音はやさしゅうて、うち大好きやわ」と言ってくださった……

そうだよ、そんなふうに言ってくださったんだっけ。あの時、僕は、イタリアの人って臆面《おくめん》もないお世辞をおっしゃるなァ、なんて思っちゃったんだけど。あれがお世辞じゃなかったんなら、けっこうすごいことじゃないのか？　まだまだ腕を磨かなきゃいけないのはもちろんだけど、持ってる素材はいいって言っていただいてるわけなんだから。あとは磨き方次第、努力次第ってことでさ。

それから、五十嵐くんが言ってた、音が変わったっていうコメントを思い出して、考えた。

まだわずかしか送っていない留学生活は、僕には気づけていないような、何らかの進歩を与えてくれていたんだろうかと。

僕自身の手ごたえとしては、この二か月間は雲をつかむような感じでやってきたふうで、五十嵐くんが言っていたような音に出るほどの何かを得られた気はしていないんだけど。

まあ、エミリオ先生の演奏はほとんど毎日……リサイタルのない日は練習で弾かれるのを……聴いているんだから、それなりに僕の身体に入っているのかもしれない。

でも、いままでのところでの一番強い影響っていったら、先生のお人柄からいただいたものじゃないのかな。

演奏する曲や、お弾きになるバイオリンや、音楽やリサイタルや、そこへ来るお客さん達やご自分のご家族や……もっと言うなら人生とかこの世界とかいうものへの、豊かで朗らかな愛情。

僕もその中に包まれていて、温かいまなざしで見守っていただいている。

初対面の時、まだ海のものとも山のものともご存じなかった僕を、エミリオ先生は、かわいくってしょうがない息子になさるようにぎゅっと抱きしめた。僕がゲイだってお知りになっても、先生の態度は変わらなかった。

あけっぴろげで懐《ふところ》深い情愛の持ち主である先生の、すべてをできるだけ前向きに肯定しようとされる考え方や、許容範囲の広い柔軟な人生観は、僕にとってはかけがえのない安心感をくれるものだし、見習いたい目標だ。

そしてそれは、僕が傾倒している先生の音楽のベースにあるものであり、先生が演奏のたびにバイオリンに歌わせているメッセージでもある。

愛《いと》しいでしょう？　たまらなく愛しいでしょう？

先生のバイオリンはいつもそう謳《うた》う。

この曲は、なんて美しく愛しいのだろうねェ……バイオリンの音色というのは、なんと愛すべき心地よさか……そうしたものを愛《め》でる心を持った自分が好きだ、あなたが好きだ……こんなすてきな音楽というものを生み出した、いまいる世界を愛している……こうして音楽と共にある人生を愛している……

そんな愛しみにあふれた先生の音楽は、いま、僕の音楽観を変えつつあるように思う。いや、変えてるよな、すでに。

……最初に（バイオリンを弾きたい！）と思った時、僕はたぶん、美しい楽器で自由自在に美しい音を奏でるあの女性バイオリニストさんの、カッコよさに憧《あこが》れた。

だって、曲は覚えてないんだ。それまでクラシック曲は知らなかったとはいえ、聴いた『音楽』にインパクトを受けたのなら、旋律の端々ぐらいは頭に残っていて、何かの時に（あっ、この曲だった）ってふうに記憶がよみがえってもいいはずなのに。僕はいまだに、あの時演奏された曲が何だったのか、思い出せないでいる。

なにしろ小学四年生の考えることだから、制服を（カッコイイ！）と思って、『将来は警察官になります』なんて作文を書くような調子で、ああいうふうにカッコよくバイオリンを弾きたいと憧れたんだろう。

そして父さんに一世一代のおねだりを言って、バイオリンを買ってもらって、でもキイキイってしか鳴らせなくって。

弾けばああいういい音がするんだと思い込んでいた僕は、当てがはずれてがっかりするのと同時に、絶対あの人みたいなちゃんとした音を出せるようになってやると決意した。

父さんと、「絶対、途中で投げ出したりしない」って約束したこともあったし。

半年間の独学のあいだ、僕は、使いこなせない道具をなんとかモノにしてやろうっていう意識でバイオリンと取っ組み、東田《ひがしだ》先生の門下生になってからは、与えられた課題をクリアすることが『バイオリンを弾く』意味になった。

そのことは、大学に進んでからも同じで。

レッスンをこなすことが目的でありすべてだった、あのころの僕のバイオリンは、きっとまるで無味乾燥な、愛なんてどこにもない音を出していたに違いない。

僕が、バイオリンを弾くことで生まれる音楽を楽しむっていうスタンスを手に入れたのは、皮肉なことに、バイオリニストへの道はあきらめてからのことだった。

趣味として弾く以外の接し方は、無意味になってしまった大学卒業後。僕は初めて、バイオリンの音色を愛しんだり、曲を弾くことを楽しんだりする気持ちを手に入れた。

まあ、いま思えば、それだって最初は、ほかに心の隙間《すきま》を埋められるような暇つぶしの方法を持ってなかったんで、(じゃあ、バイオリンでも弾くか) なんて心境からのことだったんだけど。

師匠に叱られないで済むために、あるいは師匠の鼻をあかしてやるために、ただひたすら課題をクリアすることに夢中になってきた十何年間は、それなりの演奏技術を身につけさせてくれていた。門下生時代は終わって、師匠からの罵声《ばせい》を浴びる心配もなくなった。

そういう条件のもと、趣味でしか弾けない身分に対する不本意さはあったものの、『バイオリンを好きなように弾ける自分』を楽しむことが生き甲斐だったのが、フジミ時代の僕だった。

それが、圭と出会い、プロ奏者への夢を持ち直すことになり、オニの福山先生のもとに再入門し、課題をクリアするために必死の努力を傾ける日々に舞い戻って。

でも福山門下からの二度目の旅立ちを果たした時に、手にしていた結果は、大学の卒業証書を受け取った時とは違っていた。

再入門してからの薫陶で、僕は、演奏に成功することの、本当の喜びを知った。

大学時代は、課題をクリアできたことでの（やったぞ！）という達成感だけが『喜び』だったけど、日コン本選のシベリウスの《コンチェルト》を弾き終えた時の達成感は、ノーミスでやれたことへの満足だけじゃなかったし。ガラコンサートでの《雨の歌》は、さらにはっきりと、僕に演奏する喜びを味わわせてくれた。

自分の心の中にある音楽を、心の中にあるままの音にして放ち得た時の、あの言葉にはならない気持ちよさ……そうして放出した僕の音楽を、聴く人々に（ああ、心地いい音楽だ）と受け取ってもらえた時の喜悦感……

僕が美しいと思う音楽を、僕がこの手で弾いて差し出すことで「美しい曲だ」と共感してもらえる醍醐味《だいごみ》こそが、真の『演奏する』喜びなのだと、僕は知った。

そして、その醍醐味を愛し楽しむ演奏活動をされているエミリオ先生との出会い……

いまだからわかることだけど、僕にとってこれまで、楽曲のほとんどは、バイオリニストとして弾けるようになるべき『課題』に過ぎなかった。

聴いて楽しむのも好きな曲はもちろんあったけど、そうした「純粋に、音楽としての曲を愛する」という要素は、僕の中ではさほど大きなものではなく、その当時の僕が「きみはクラシック音楽が好きか？」という質問を受けていたら、「……さあ」というような曖昧《あいまい》な返事になっていたような気がする。

いまの僕は、おなじ質問を受ければ、確信を持って「はい」と答えられるけれども。

エミリオ先生の鞄持《かばんも》ちを始めて、先生がお弾きになる曲を耳にするたびに、僕はその曲の、心を揺さぶる美しさや深さに惚《ほ》れ込む。

クラシック音楽というのは、こんなにも魅力的なものだったのかと、クラシックバイオリンを弾き始めてから十五年もたっている今にして、つくづく感じている。本当の意味での（いいなァ……）と傾倒する実感を得ている。

そして、僕のそうした（本来ならとっくに持っていてしかるべきだった）チャンネルをひらいてくれたのは、福山先生の薫陶による演奏者としての開眼と、エミリオ先生の「愛してやまない音楽を奏でられる今が、愛しくてたまらない」といった演奏姿勢。

たとえ練習として弾いておられても、つねに音楽への愛情がたっぷりと染み込んだ音を出される先生の演奏を、日常的に耳にできる幸運を得たことで、僕の本末を転倒していた音楽観は百八十度修正された。

曲への共感とかはすっ飛ばして『弾くために弾く』スタンスでやっていたころの僕は、自分で思っていたような音楽家の端くれでさえなかったんだと気づいて、いまさらながらに恥じ汗《あせ》千斗《せんと》の思いがする。

そんな僕の目がちゃんとひらくまで、根気よくつき合ってくださったわけだった福山先生の忍耐心には、心底頭が下がる。

そして僕にとって最適の時期に、エミリオ先生という最高のお手本と出会わせてくださった、この上なく的確なご指導にも。

僕はいま日々に、エミリオ先生から音楽のすばらしさを教えていただいている。

それはもう、楽しく充実した毎日だと言っていい。

すばらしさを知った音楽を、僕のバイオリンでは思うように演奏しきれないという、不断の悩みは抱えてるけど、さ。

ほんとに……せっかくエミリオ・ロスマッティのお膝元《ひざもと》に置いていただけてるのに、僕はまだ、先生が「欲しかったら持っておいきやす」って差し出してくださっているに違いないものを、この手に受け取れるだけの力もなくって。

あの情愛にあふれた豊かな音色は耳に染み込んでるのに、どうやったらあれを僕のものにできるのかわからない。

テクニック……的なことじゃないのかなァ……音楽に対するスタンスとか、姿勢とかいった方面で考えるべきなんだろうか？

だとしたら……だとしたらァ……

う～ん、このまま家に帰って練習したくなってきちゃった。前に使ってた弓ならあるんだよな。

でも、圭と約束しちゃったからなァ……いいや、予定どおりで行こう。

三時過ぎに弓を受け取れれば、家に帰って五時前？　フジミは七時からだから、そこそこ二時間ぐらいは練習ができる。うん、それで行こう。

ほぼ計算どおりの一時過ぎに、以前勤めていた喫茶店『サフラン』のドアを押した。

「こんにちはー」

と入った店内は、お客は女性の二人連れが一組いるだけだった。M響さん達はもう午後の練習に引き上げたあとらしく、圭の姿はない。

「おう、めずらしいな」

そう声をかけてきたのはマスターで、遠藤くんの姿はなかった。

「ごぶさたしまして」

とあいさつを言いながら、マスターの前のカウンター席に座った。

マスターがコーヒーを作り始めながら言った。

「桐ノ院くん、ヤーノシュ二位だってなァ」

「ええ、いま事務局のほうへ報告に」

「相変わらず御神酒徳利《おみきどっくり》してんだな、おたくらは」

「あは、その、日曜日がフジミの定演なんで」

「だってな。遠藤からチケット買わされたよ」

「わあ、すいません。で、遠藤くんは？」

「出前に行ってるんだ」

噂《うわさ》をすれば影が差すって調子にカランカランとドアベルが鳴り、昨日の祝賀会では見かけなかった遠藤くんが入ってきた。背が伸びたかな？

「やあ、元気？」

と声をかけると、(あ)という顔をし、

「ども」

と頭を振った。

黒のウェイターエプロンをつけた姿がすっかり板についている。

「昨夜は行けなくてすいませんっした」

そう向こうから話しかけてきたんで、ちょっと驚いた。いつの間にか大人びたことを言うようになったんだねェ。

ところが遠藤くんは、さらにびっくりすることを言ったんだ。

「ちょうどテストだったもんすから」

「え？　テストって……」

「夜間高校に行ってるんす」

遠藤くんはそれを、ばつが悪そうに頭に手を持っていきながら白状した。

「へえっ、そうなの？　じゃあ、昼間はここで仕事して、夜は学校？　がんばってるじゃないか！」

「まあ、中卒じゃマズイって気になったんで」

「そうかァ。でも、昼間の学校でもよかったんじゃないの？　わざわざ働きながらにしなくったって」

遠藤くんはご両親も健在な、ふつうに息子《むすこ》を高校へ通わせられる家庭の子だ。

「一種のレジスタンスなんだよな、遠藤？」

マスターが話に参加してきた。

「ドラムをやりたいって言ったのを、親父《おやじ》さんに反対されたそうでさ」

「へえ、ドラム？　ってことは、ロック方面とか？」

「クラシックのパーカッションは、出番が少なくってつまらないんだとさ」

「あはは、たしかにねェ。シンバルなんかだと、百小節じいっと待ってて出番は一発だったりするもんねェ。

あ、じゃあ、フジミは辞めたのかな？　夜は学校なんじゃ」

「行ってるっすよ。土曜だけっすけど」

「土曜日は学校は休み？」

「や、あるす」

「じゃあ、毎週土曜日を休んじゃうのはまずくないかい？」

「俺《おれ》、べつに卒業する気ないから」

マスターがたて終えたコーヒーを、遠藤くんが運んでくれた。カシャンなんて音は立てない置き方は、手つきも堂に入っててプロだ。

「ちゃんと通えるとこ見せて、今年中に親父のやつ説得して、本命の専門学校へ移る予定なんで」

「音楽方面の、だよね？」

「ポップス系のがあるんだとさ。月謝が高いんで、せっせと貯金してんだよな？」

「でもCD買っちった」

僕は、遠藤くんがずいぶん大人びた顔だちになっていたことに気づいた。二度目に出会ったころの、イジケてふてくされた雰囲気は消え、目の表情もしっかりしている。
この子は自分の足で歩いて行けるまでに成長したんだ。

「専門学校っていうと、二年？」

「っす」

「じゃあ、三年後にはいっぱしのドラマーになってるのか。楽しみだなァ」

そうほほえんで、もしかすると役に立つかもしれないアドバイスを一つ思いついた。

「きみのここ、メトロノームは入ってる？　シベ・コンをやってた時に、正確なリズム感ってのを頭にたたき込む特訓をやらされたんだけど、きみもやってみると役に立つかもしれない。
第三楽章のアタマの『ダッダカ・ダッダカ』っていうスキップのリズムを刻むところがあるだろう？　あそこのワンフレーズを、メトロノームの刻みを十六分音符として数えて、カチカチカチカチにぴったり合わせて一日百回弾くっていう練習をさせられたんだ。
でね、最初はなんでそんな稽古《けいこ》を言いつけられたのか、わかんなくってさ。リズム感が悪いなんて思ったことなかったし。ところがやり始めてみたら、ずるずるズレて来ちゃうんだ。
でもほら、自分はちゃんとしたリズム感をしてるんだっていう自負があったからさ、最初はメトロノームのほうを疑ったんだよ。先生のお宅のは古かったし、僕のはデジタルのやつだったから、古くて狂ってるんだとか、電池が弱ってて狂うんだとか考えてさ。
でも結局、狂ってるのは僕の頭の中のメトロノームのほうだって認めるしかなくなってさ。

一日百回を十日間。

しまいには、耳の奥にカチカチカチカチってメトロノームの音がこびりついちゃって、二十四時間そこで鳴ってるみたいなぐあいになってね。いまも……うん、スイッチ入れれば鳴る。

タ、タ、タ、チン、タ、タ、タ、チン、タ、タ、タ……

でもこれって、たたき込んでもらえてよかった財産だよね。

なので、きみにも薦めとくよ。座布団たたいて練習する時に、メトロノームとの合わせもやってごらん」

「うう」

遠藤くんはソラくんみたいな返事の仕方で曖昧《あいまい》にうなずいた。どうやら自分はそんな練習は必要ないって思ってるらしいけど、だとしたらたぶん、やる必要があると思うよ。

「まあ、騙《だま》されたと思って一回やってごらん」

とプッシュしておいた。

「そういえば、ソラくんから手紙は来た？」

言ったところへ、カラランとドアが開いて圭が入ってきた。

僕は（ここだよ）と手を上げて見せ、圭はやって来て隣の席に腰を下ろした。

「このたびはおめでとうさん」

マスターがサイフォンを準備しながらお祝いを言い、圭は「どうも」と会釈を返した。

「高田《たかだ》事務長さん、いらしたかい？」

「ええ」

「喜んでくれたろ？」

「まあ」

「何かあった？」

と口をはさんだ。

「はあ、多少」

「悪いニュースじゃなさそうだから、出演依頼？」

「匂《にお》わせ程度でしたから、まだ五分五分といった可能性のようですが、飯田くんのスピーチにあった件は、あながちパーティージョークでもなかったようで」

「あ、やっぱり？」

口ぶりはついそんなふうになってしまったけど、僕の内心はもちろん躍り上がる気分だ。

だって、もうずっと何年も置かれていなかったM響常任指揮者の椅子《いす》が、圭のために用意されるかもしれないんだから。

もし本当になったら、大快挙だし大出世ってことだ。

「え、なんだい？　代役じゃなしに定期を振るとかって話？」

聞いてきたマスターに、圭は、

「確定したら宣伝に来ます」

　とごまかした。

　たしかに、まだそうならない可能性もある以上、吹聴《ふいちょう》するような真似は避けたほうが賢明だ。

「遠藤くん、夜間高校に通ってるんだって。知ってた？」

　僕はそっちに話題を逸《そ》らした。


　さて、弓を受け取ったら速攻で帰って練習したいっていう僕の予定を言い、昼めしは済ませたのかって聞かれて「まだだ」と答えて。圭も「まだ」だそうなんで、食べに行くことになった。

「和洋中、何にしますか？」

「やっぱり和食だろ」

「では、寿司でも？」

「あ、いいね」

　泉岳寺の駅の近くに回転寿司屋《すしや》ができてたんで、そこへ行くんだろうと思ったら、圭が僕をつれてったのは、注文したものを目の前で握ってもらう本式の寿司屋だった。

　あーもー、こんな高いとこじゃなくっていいのに。

「お次、いかがっすか？」

「あ、ええと、アナゴください」

「トロカツオも旨《うま》いですよ」

でも『時価』じゃないかっ。貧乏性の僕にはそんなの頼む勇気はないんだっ、放っといてくれ！

六時四十分に合わせておいた目覚ましのベルで練習をやめにし、七時十五分前に家を出て、いつもの市民センターの大会議室に着いたのは七時八分前だった。

玄関のところで、『ふじみ』に晩めしを食べに行ってきた圭と出会った。

「食べてすぐ振れるのかい？」

何気なく聞いてみたら、

「前半は見学ですから」

と返ってきた。

「え？　そうなの？」

「第一部は飯田くんに任せますので」

「本番も？」

「ええ」

「そうなんだ」

そんなやり取りをしながら階段を上がり、練習場に入った。

五十嵐コン・マスが目聡《めざと》く僕達に気づいて飛んできた。

「お疲れっす！　よろしくお願いしまっす！」

「こちらこそ。ええと、僕も第一に入れてもらいたいって件はどうなった？」

《軽騎兵《けいきへい》》や《アル女》は飯田さんが振るんなら、無理に参加させてもらわなくってもいいんだけど……なんて、思っちゃいけない、いけない。飯田さん、ごめんなさい。

「えっとっすね、本番直前にプルトを動かすと、混乱する人もいそうなんで、よかったら最後列ってことで……」

言いにくそうに頭をかきかきの五十嵐くんに、

「うん、僕もそれがいいと思うよ」

と笑ってやった。

さすがにもうほぼ全員そろってる団員さん達とあいさつを交わしながら、用意してもらってた席に行ったら、六プルト目の左側っていう位置で、お隣は新人の女の子。昨日は来てなかった子だよな、うん、初対面だ。

「へえ、弦が定員一杯そろってるなんて、僕が入団して以来初めてだな」

僕としては、お隣さんの彼女に向かって言ったつもりだったんだけど、通じなかったみたい。

改めて、

「ご一緒します、よろしく」

と話しかけた。返事は、蚊の泣くような声で。人見知りなお嬢さんらしい。

「ええと、お名前は？」

「た、橘《たちばな》さやかです」

「橘さんね、守村です。書き込みはお任せしますから、よろしく」

「あ……はあ……」

っていうはっきりしない返事だったけど、プルトでは二人で一つの譜面台を使うんで、書き込みは、譜面台にのってるスコアの持ち主のほうがやるのが決まり事だ。

シャイな橘さんは、僕に話しかけられるのは迷惑そうだったんで、あとは黙って調弦にかかった。

圭は、僕達の横のほうの隅に、自分で椅子を持ってきて見学席を作り、みんなのようすを眺めながら練習が始まるのを待っている。

昨夜の問題発言の神崎美保は……ああ、ビオラの第四席ね。ふーん、ビオラに五人入ったんだ、すごいすごい。菅野さんは第二バイオリンで、そのほかの昨夜来てた子達は第一か。第一の新人は五人で、第二に二人……このまま定着してくれるといいけどなァ。

（それにしても、飯田さん遅いな）と思いながら、スコアを頼りに第一部の曲のウォーミングアップをやり始めた。

ありゃりゃ、けっこう抜けちゃってるよ。圭が振るなら暗譜し直さなくちゃならないとこだった。それとも飯田さんも「スコアは見るな」でやってるのかな。だったら今夜は暗譜からやっつけちゃわなくちゃ。

「ええと橘さん、ごめん。このしるしの意味がわからないんだけど」

「あ、それは個人的なメモで……」

「テヌート気味にとかの指示じゃなくて？」

「はい。あの、消します」

「あ、いいよいいよ、そのままで」

時計の針が七時を十分ほどまわったところで、M響の面々と一緒に、やっと飯田さんがやって来た。

その開口一番は、

「あれ？　なんで練習始まってねェのよ」

五十嵐コン・マスが飛んでいき、第二部は振らないって言ってる圭の言葉を伝えたようだ。

「ばっか言ってんじゃねェよ。なんで代振りの俺《おれ》がステージにまで上がんなくちゃなんねェんだよ」

飯田さんはいかにも（とんでもねェ）ってふうに舌打ちし、

「おい、殿下、サボッてねェでさっさと仕事しろ」

……と圭に向かって顎《あご》をしゃくった。そして自分は、さっさとチェロ席に座りに行ってしまいついた。

僕は、この一幕が、二人のたくまざる共謀による、主権者の交代手続きになったことに気がついた。

圭は、ここまでの練習の面倒を見てきた飯田さんに、本番でも花を持たせるつもりだということを態度で示し、飯田さんは、俺は代振りで本来の指揮者はおまえなんだから、以後本番まではおまえがやれと断わった。

古参の人達はともかく新人達にとっては、飯田さんが常任の留守を預かる代理指揮者だっていう意識はなかっただろう。彼女達が入ってきたのは、飯田さんが振るようになってからのことなんだから。

で、そこから何らかの不満が発生したりしないように、みんなの前で二人の立場をはっきりさせたってわけだ。

さすが、気配りの芸が細かいなァ。

飯田さんの譲位を受けて立ち上がった圭は、指揮台に上がると、まず新人さん達に向かって自己紹介をやった。

「フジミの常任指揮者を拝命している桐ノ院圭です。今日から三日間と本番のステージを振ります」

それから、全員に向かって、

「飯田くんの振りとは違う部分があると思いますので、僕のタクトから目を離さない、という桐ノ院憲法第一条遵守でお願いします」

クスクスッと女の人達が笑った。

「ちなみに、新人団員諸君のために説明をつけくわえますと、『音を出しているあいだは絶対に僕のタクトから目を離さない』『スコアに目をやる必要ができた時には、音は止めてするように』という内容です。

何か質問は？

ではコン・マス、音合わせをどうぞ」

「あ、はいっ」

オーボエのA音を基準にして、全員がピッチを合わせる作業の中で、僕は、みんながけっこう緊張しているのを感じ取った。新人さん達だけではなく、みんなが緊張してる。

何かの本のタイトルで見た『王の帰還』って言葉が頭に浮かんで、おなかの中でクスッと笑った。

「では、プログラム順に従って、《軽騎兵》序曲から。まずは一回通します」

トランペットのファンファーレで始まり、途中には誰もが知ってるあの軽快な名フレーズがある、スッペの作品の中ではもっともなじまれているこの曲で幕を開けるっていうのは、いいテンションを作れそうな選曲だ。管の人達の活躍場面が多いっていうのも、気分的に盛り上がっていい。

そしてトランペット三人娘は、満を持してたって感じのなんとも元気なファンファーレをぶっ放してくれて、僕達は、圭が一瞬目を丸くしたのを見てしまった。

もちろん圭はそのまま振り続け、充実した弦の音が僕にとっては耳新しいフジミの《軽騎兵》は、なかなかの仕上がりで演奏され終えた。

圭は、管が主役の部分についてはオーケーを出し、弦が主体になる部分でいくつか手直しを言って、そこの部分練習をやったあと、二度目の通しに入った。

「ええ、OK、この感じでお願いします。変更のあった部分も、まだ明日明後日とさらえますので、心配はいりません。

では《アルルの女》第一組曲。《前奏曲》から《カリヨン》まで通します」

これは出だしからして弦が主役の曲だ。僕は、あんまり練習してない僕の音が足を引っ張らないように、充分真剣に弾いたんだけど、暗譜が完全じゃなかったんで、何度かタクトから目を離してスコアを見なくちゃならなかった。

だから、四曲通し終わって、

「守村さん」

と名指しされた時。憲法第一条違反を言われるんだろうと思って、（あちゃ〜）と頭に手をやったんだ。

ところが、圭が言ったのは、

「もうしわけありませんが、少し音を抑えていただけますか?」

っていう思いがけない要請で。

「え?」

と聞き返してしまった。

「きみの音が、いささか突出してしまうのです」

圭は言った。

「ソリストとしての弾き方が身についておられるせいだと思いますが、パートのバランスの中に収まる弾き方を思い出していただけないでしょうか」

僕は思いっきり赤くなって、

「すいません」

と頭を下げた。そうだよ、自分が弾くことばっかりに一生懸命になっちゃって、パートの人達の音なんてろくに聴いてなかった。

あーあ、しっかりしろよ〜。

「では《前奏曲》のアタマから」

僕は、自分の音をしっかり把握し、音量も音色もパート全体の響きの中から飛び出さずに、厚みの中に混じり込めるようにと、細心の注意を払ってがんばった。

「スタ〜ップ」

聞いたとたんに、(あ、なつかしい)と思った止めが入り、注意が来た。

「第一バイオリン、守村さんも含めてパートとして音をまとめる努力をしてください。それとビオラ、テンポが甘くなる自覚があるようですが、心配でしたら、周囲の諸君をうかがうよりも僕のタクトを頼ってください。全員が僕のタクトに合わせれば、間違いなくテンポは統一されますので」

ビオラは、田尻《たじり》さんと橋爪《はしづめ》さんのほかは、新人が五人。その中の三人は、なんとなく慣れてない感じがするのは、もしかして神崎美保とおなじくバイオリン科の子に持ち替えでやってもらってるのかな？　そりゃパートのバランスはいいに越したことはないけど、むちゃするなァ。

「では、アタマから」

四曲ともそれぞれ細かい手直しが入り、でも圭は、書き込みをさせて一、二回やってみさせるだけで流した。

うん、今夜は時間がないもんね。

《アル女》をひととおり見たところで、ちょうど開始から一時間が過ぎていた。

「石田くん、今日は何時までここを使えますか？」

圭が指揮台の上からニコちゃんに尋ねた。

「十時に鍵《かぎ》を閉められればいいんだけどね」

「終了予定は、いつもどおり？」

「いちおう九時ってことでいたけど」

「では、開始が遅れた分の十五分間だけ、延長させていただきます。十分休憩して《コンチェルト》に行きます」

うん、適切な判断だ。門限があるかもしれない女子大生さん達のことを考えれば、予定外の延長はできるだけ避けたほうがいい。

圭が指揮台を降りたのが、休憩の合図だった。

僕は、譜面台を共用させてもらった彼女に「どうも」とあいさつを言って、ソリストとしてスタンバるために席を立った。

調弦をやり直してたところへ、圭がやって来た。

「先ほどはすみませんでした」

「え？　ああ、僕のほうこそ。まわりを聴きながら弾くっていう基本を、てんで忘れちゃってたよ」

「じつは、スケープゴートになっていただいたのでして。『聴いて合わせて弾け』と言いたかったのは、音大生諸君にです」

「俺も口すっぱくして言ってんだがよ」

い、飯田さん！　いきなり人の後ろから参加しないでくださいよ、びっくりした。

「姉ちゃん達の腹ン中は、自分達のほうが上手《うま》いんだから、こっちに合わせるべきだ、ってふうでね」

「ええ、そのようです」

「ソラくんがやったよねェ、それ」

「奴《やつ》は思ったことを、遠慮なしにガアガアわめきやがったから、まだな。姉ちゃん達は、口には出さずに我は張る。あれでも最初よりはずいぶん合ってきたんだぜ？

まあ、この問題は、今回は見送りってことで」

飯田さんは言い、僕も妥当だと思ったけど、圭の判断は違った。

「いえ、やるならいまですね。できるだけ早急にきちんとさせましょう」

そして反対しようとした僕達に口をひらかせずに、つけくわえた。

「彼女達のミーハー気分を払拭《ふっしょく》するにも、いいチャンスです」

飯田さんと僕は顔を見合わせ、圭に任せることにした。音楽面のことだから、これは常任指揮者の権限内の問題ってことで。

「あの」

と後ろから声をかけられて振り返った。

第一バイオリンの新人三人が、なにやらもじもじしながら立っていた。

「僕に用事？」

と、こっちから水を向けてやった。

「あのっ、ファンですっ」

と一人が頭を下げ、あとの二人も口々に言った。

「ご一緒できて光栄ですっ」

「ソロ、がんばってください」

僕は女の子からファンだなんて言われたのは初めてで、照れくささに赤くなっているのを自覚しながら、頭をかいた。

「ありがとう。ええと、その、こちらこそよろしく」

女の子達はもっと話したがってる顔だったけど、首筋に圭の熱視線を感じたんで、スタンバイするふりをして切り上げた。

そして、練習再開。

圭の耳打ちによれば、「コンチェルトは僕がきみに合わせますので、思う存分に弾いてくださってけっこうです」とのこと。

もちろん、最善を尽くすさ。福山先生からわざわざ、きみのオケに食われるなって言われてるしね。

「始めます！」

圭のバリトンで、ぴたっと雑談が静まった。

「最初に、一楽章のオケのみ通します。そのあと守村さんに入っていただいて、全曲を通します。憲法遵守の命令は先ほどとおなじです。まだ僕の流儀に慣れていない諸君は、注意を忘れずに。

では、《バイオリン・コンチェルト》第一楽章」

全員の目がひたと圭を見つめる中、圭のタクトが振り下ろされ、一楽章が始まった。

僕は、舞台で言うなら袖《そで》の位置でみんなの演奏を聴きながら、（弦の音がフジミじゃないみたいだ）としみじみ実感していた。

いいや、いい意味でさ。人数が増えた分以上に厚みが増して、響きもよくなってて、要は皆さんが上手くなってるってことだ。

ようし、だったら僕も精いっぱいはりきらなくっちゃ。皆さんのがんばりに負けちゃいられませんからね。

細かいアラはあったけど、前回のメン・コンの時と比べると長足の進歩を遂げているフジミに、圭も満足そうだった。いつものポーカーフェイスをかぶり込んで、顔には出してないけどさ。古い人達はみんな、圭の満足ぶりを感じ取ってるはずだ。

「けっこうです」

という素っ気ないコメントのみで、次へ進めた。

「では守村さんに入っていただいて、全曲を通します。あー、飯田くん、全曲通しの練習はやっているのでしょうか？」

「わりと早くから始めてたよ」

「では、二楽章から三楽章への入りはＯＫですね」

「ああ。一楽章と二・三楽章って二分割で練習してきてる」

「たいへんけっこうです」

圭が指摘した個所は、譜面上は別立てになっている三楽章を、演奏上は、二楽章の終わりから間髪《かんはつ》を入れずに続けてしまうって部分。

分割して練習する必要上から、楽章ごとに区切って弾くのに慣れているようだと、指揮について来そこなう人が出るかもしれないんで、確認したわけだ。

そして本業はＭ響チェリストの飯田さんに抜かりはなかった。

「守村さん、お願いします」

呼ばれて待機場所から踏み出して、

「立ち位置はどうしましょうか？」

と尋ねた。

指揮者を前にする位置、指揮者を横に取る位置、指揮者を僕の斜め後ろにする位置。ソリストの居場所は、その三つのうちのどれかだ。

もしもあとの二つのどちらかを選ぶなら、練習中は、僕は圭と並ぶ位置に立って、オケと向き合う形で弾いたほうがいいだろう。

前回のメン・コンでは、僕も圭の指揮を見ながら弾く位置でやったんだけど、今回は、圭が僕のほうに合わせるってことなんで、圭のプランを聞いてみたんだ。

「僕は、メン・コンの時とおなじがいいんだけど」

そうつけくわえたのは、フジミの定演なのに、僕が主役顔で舞台の前のほうにしゃしゃり出るっていうのは、嫌だったから。

ところが圭は、

「僕の真横より一歩客席側に出たところでお願いします」

という注文を言ってきた。

「あ、そ」

しかも、向きも壁向きだそうで。

「本番までに変更するかもしれませんが、とりあえずこの形でやります」

「了解」

「テンポはどうでしたか？」

もうちょっと速く、って言葉が頭をかすめたけど、

「あのままでけっこうです」

と答えた。フジミではテンポアップを要求するのは冒険なんだ。

「では諸君、通します」

圭がそういう言い方で、僕にさりげなく念を押してきたのは、（途中でミスがあっても止めませんから）って意味。

僕は（了解）とうなずいてみせた。

全曲をやると、演奏時間は約三、四十分。一楽章と二・三楽章とのバランスは、一楽章のほうが若干長めの、ほぼ半々。圭は少し遅めのテンポを取ってたから、前半部分が十七、八分というところだ。

さって、集中して行きましょう！

アレグロ・モデラートでの、おだやかに始まって劇的に盛り上がったオケが、すっと弱奏に落ちたところで、カデンツァ風のアインガング（小手調べ）から入る無伴奏でのソロが始まる……その二十二小節の序奏部を聴きなぞりながら、バイオリンを構え、弓を当て、ブレスを整え、タイミングを計って、

（いま！）

トゥラララ〜と小手調べの音階を駆け上がり、空に吹き上げられた木の葉がひらりひらりと舞いながら落ちて来るような感じの無伴奏ソロを弾き終え、圭がオケの入りをぴたりに合わせてくれることを信じて、モデラート・アッサイの主部に入った。

第一テーマの冒頭の、僕が弾くaの短前打音を聴いて、主要音とアタマをそろえてふわっと入って来てほしいオケは、文句なしのタイミングでぴたりにつけて来てくれて、僕はすっといい感じに気持ちが据《す》わった。

オケはちゃんと来る。全面的に信頼してだいじょうぶだ。

そこで僕は、僕なりのチャイコンを目指して勉強してきた成果をすべて発揮することだけに集中し……

おっとぉ、ホルンが一人すべった。うっ、弦部がバラけて来たよ〜……タクトを見て、タクトを！

それとも僕が走っちゃってる？　いや、この速さでいいはずだ。っていうか、僕のこの速さで行きたい。いいや、とりあえず行っちゃえ。テンポを直すかどうかの相談は、通しが終わってからだ。

それにしても、壁に向かって弾くのって、細かいアラまでありありと聞こえるなァ。

うっ……うわっ……くそっ……ありゃ……しっかり弾けよ、守村〜っ！

バイオリンに当ててる左耳では自分の音を聴き、右の耳からはオケの音を聴き取りながら、遅れたりバラけちゃったりするオケに僕が引っ張られちゃったら、全部がわやくちゃになるから、こっちがリードするつもりでインテンポを死守して。

アレグロの尻《しり》に『ストリンジェント』（しだいに速く）のムチが入り、さらに『ピウ・モッソ』(いままでより速く)とたたかれた上に、ソロもオケも、ラスト十二小節は『fff』……つまり演奏速度も音量も「出せる限界まで出せ」っていう、渾身《こんしん》の力技を要求される華麗な終結部まで、どうやらなんとかたどり着いて、思いっきりホッとした。

でも、まだあと半分ある。

第二楽章のカンツォネッタ(歌うように)と指示されたアンダンテは、管楽器だけの静かな序奏で始まる。

うん、いいですよ、行けてます、オッケ。

で、クラリネットとファゴットがピアニシモで残るタラララの最後の拍に、すっと僕が乗り合わせ、一拍遅れで弦、その一拍後にホルンが続く……のが、僕の出がちょい早過ぎて、管の序奏のしっぽに嚙《か》み付いたような格好になってしまった。

すいません、注意します。っていうか、管が楽譜にはないテヌートをやって、三拍目に入るのが遅れたんだけどね、いまのは。

ともかく弾き進む。

……二楽章部分で十か所近く、圭との打ち合わせが必要な個所が出てしまった。

二楽章から三楽章への移行部分は、オケの聞かせどころ。パーカッションもくわわった総がかりのフォルテシモでの入りは、きっとみんなが大好きなところに違いない。

十六小節のオケのあと、僕の無伴奏ソロが三十七小節あって、そこまでが序奏。で、僕のp《ピアノ》

で入る第一テーマからが、この楽章の主部……なんだけど。

アレグロ・ヴィヴァチッシモ（快速に・きわめて活発に）でのトレパーク、オケがソロの旋律を追いかけるあたりで問題が発生しそう。みなさん、僕の行きたいテンポについて来られるかなァ。まあ、行ってみよう。

《チャイコン》は、ソロバイオリンにとってはやたらと難度が高い曲だけど、オケパートのほうは、じつはそうむずかしくない。

メロディアスに音を動かして行く部分はあまり多くなくって、大半はリズム演奏的な伴奏役なんで、半年間しかなかった練習期間でも、なんとかやれるだろうっていう算段で、この曲を選んだ。もちろん各パートとも何か所か、それなりの難所はあるわけだけど。

そういった難所で、途中、何度か危ない場面はあったけど、どうにかしのいで、ラストのクライマックス。

僕がフォルテシモのアレグロ・ヴィヴァチッシモをがんばりきって、バイオリン部に旋律をバトンタッチし、バイオリン部はティンパニーのトレモロの下支えや他パートの支援を受けながら、pからのクレシェンドで盛り上がりを作って行き……オケ総がかりのフォルテシモまで来て、僕が受ける！　オケが呼応する！　僕が受け！　オケが返す！……っていう全曲中の山場で、オケが破綻《はたん》した。

そこまでなんとかがんばってきた人達が、僕のテンポについて来られる人と、集中力が息切

れしてついて来られなくなってしまった人とに、はっきりとバラけてしまい、ついに圭が、

「スタ〜ップ！」

と、入れない予定だった止めをかけるしかなくなるほどの、大混乱を来《きた》してしまったんだ。

「すいません、走っちゃいました」

僕のほうから先に、そう謝った。

「速弾き選手権じゃないんっすよ〜!?」

五十嵐くんが閉口しきった調子でチャチャを入れてくれて、古参の人達は笑った。

「先輩が本気出したら、俺《おれ》ら追いつけないのわかってて〜！　イケズッ」

五十嵐くんとM響さん達のチェロパートは、一番きっちりやってくれてたんだけどね。こういう抗議は、イガちゃんの役だから。

「ごめん、ちょっと試してみちゃったんだ」

そう頭をかいてみせた。

「僕がコン・マスやってたころより、みなさん上手《うま》くなってるんでさ。つい、どのへんまでついて来れるかなァとか思って」

「ひっど〜い！」

といった調子の笑いながらのブーイングを投げてきたのは、やっぱり古参の人達だけで、新人達は誰一人としてニコリともしなかった。

あ〜あ、きみ達みんな、まだ全然フジミをわかってないんだねェ。

「桐ノ院さん、すいません。いまのところ、テンポください」

僕がそう頼んだのは、どのくらいの速さならオケがついて来られるか、教えてくれっていう意味。

「では、四百五十小節目の無伴奏のソロの部分から、いいでしょうか?」

圭が言ってきた返事に、うなずいた。たしかに、そこがキイポイントだ。

問題が起きた部分に入る前の、クワジ・アンダンテを僕のソロで加速してテンポ・プリモ(最初の『アレグロ・ヴィヴァチッシモ』のテンポ)へ持って行くところで、僕がどの程度までテンポアップするかが、以後ラストまで貫かれる『アレグロ……』のテンポを決定する。

でもって、僕が(こう欲しい)と設定した速度は、一部のみなさんには速過ぎた。

なので、こっちがテンポをダウンして合わせます。フジミは、誰も置き去りにはしないのが信条だから。

『徐々に加速せよ』という指示が書かれているソロフレーズを、計算は一任した圭のタクトに従ってテンポアップして、弦が参加して来る「テンポ・プリモ」。

なるほど、『♩=142』あたりが限界速度ね、オッケ。

こんどは滞りなく山場も越えられて、ぶじエンディングに漕《こ》ぎつけた。

ん〜……僕としては物足りないラストスパートだけど、しょうがないね。

バイオリンを肩から下ろして目をやった時計は、「残り十分」と教えていた。

「まだ多少の細かい詰めは必要ですが、おおむね満足の行く到達度まで練習できていました。飯田くんの努力と諸君の奮闘に、拍手を贈ります」

そう団員さん達にアメを撒《ま》いて、圭はちらっと時計を見やった。

「あと少し時間がありますので、二楽章冒頭のソロの入りのところを片づけてしまいましょう。守村さん？」

「はい。どうぞ」

「では、オーボエ、クラリネット、ファゴットの諸君で始まる二楽章のアタマから」

出だしはさっきとおなじくきれいにそろい、四小節目からのホルンもなかなかいい音で参加して、例のクラとファゴットが残る部分。

「スタップ！」

という止めは、僕が入った瞬間に来た。

「管、その十一小節三拍目からのフレーズ、スラーはかかっていますが、テンポは落としません。テヌート気味になっていますので、注意してテンポを守ってください。

そこだけ行きます。タクトをよく見て、ピアニシモ」

たしかにそこはテヌート気味にやりたくなっちゃう個所で、特にトンちゃんのファゴットがたっぷりしたコブシ風に歌いたがって、クラを道連れに遅れちゃうんだ。

三回やっても、癖になっちゃってたテンポダウンは直らなくって、圭はしかたなくトンちゃんを指名して特訓にかけ、なんとかテンポ延びの修正を果たした。

「この部分は、序奏から主部への移行で、ソロに音を手渡す気持ちで行きますが、すっと差し出した手をすっと受ける、さりげなくスマートな受け渡しで進みたいと思いますので、よろしくお願いします」

最後は言葉での説明で念押しをやって、

「では、クラとファゴットのピアニシモから」

僕もバイオリンを構えた。

……よし、ちゃんと入れた。

「それではアタマから行きます。弦とホルンも入ってください」

二楽章の始めから主部に入って五小節目までを二回やって、圭は「けっこうです」の認定を出した。ちょうど九時十五分だった。

「明日の練習も午後七時からでしたね。コンチェルトをおもにやりますので、守村さんも遅刻をされないように」

「がんばりまーす」

「終わります」

「ありがとうございましたー！」

お疲れ様の声をかけ合って帰り支度を始めた団員さん達に混じって、バイオリンをケースにしまうための拭《ふ》き上げをやりながら、僕は、新人の音大生達がどう動くかを、それとなく観察していた。

彼女達は一様に不服そうな顔つきをしていたが、この場所でそれを口に出す気はないらしく、おたがい同士のおしゃべりもせずに押し黙ったまま、二、三人ずつのグループを作って帰って行った。

何人かは、周囲の古参の人達にあいさつして行ったが、それもしなかった子のほうが多い。

五十嵐コン・マスと話をしようとする子もいなかった。

みんな、言いたいことが山ほど腹に詰まってるって顔なのに。

あのねェ、お嬢さん達。ただふてくされてみせてたって、誰も「何が不満なんだ?」なんてわざわざ聞き出してはくれないよ。言いたいことは自分から言わなきゃ。

バイオリンをしまい終えたケースを手に、立ち上がったところで、飯田さんと目が合った。

椅子《いす》運びのついでに歩み寄って、

「彼女達、いつ爆発しますかね」

と言ってみた。

「さあな」

とM響さんはとりあえずトボケてみせ、

「打ち上げあたりじゃねェの？」

「うっわ、最悪」

なんとかしなくちゃ、と僕は思った。

フジミの定演は、楽しかった思い出だけを残すイベントじゃなきゃいけないんだ。

圭も何か手を考えてるみたいだけど、とにかく定演当日までに、トラブルの芽をなんとか片づけなくちゃ。

バッコスの民

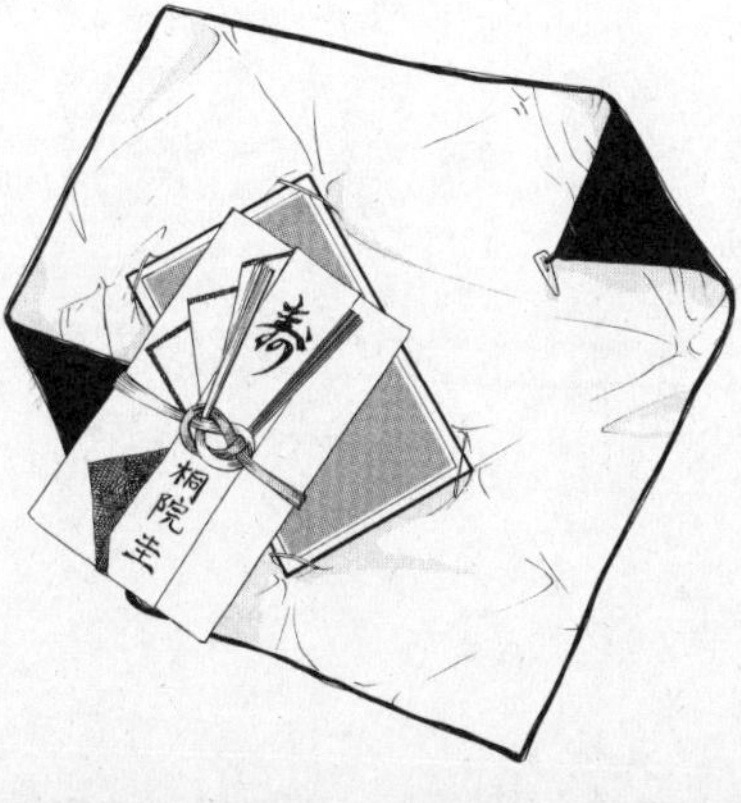

フジミの定演前々日の、金曜日。

表面上は滞りなく……一皮むけば不協和音が渦巻いてた練習の最後に、圭が言った。

「なお、音大生諸君は僕のところへ集合してください。

終わります」

「お疲れ様でしたー！」

古参の人達がチラチラ見やる中、圭のまわりに集まった音大生団員は十八人。その内の十五人は、この四月……つまり僕達がフジミの活動から離れたあとで入団してきた新人達だ。

「ああ、失敬、五十嵐くん、松井くん、斉田くんはけっこうです」

圭が名指しした三人は、前からフジミに参加してる古参団員で、免除の理由は『フジミをわかっている』から。

僕は圭のセリフに耳を立てながら、石田さんを目で探した。

気配り上手な世話人さんは、さりげなく学生達の人垣の後ろに来ていて、僕が見ているのに気づくと目くばせを送ってきた。

ええ、ヤバいと思ったら「待った」をかけてくださいね。

圭が言うのが聞こえた。

「明日の午前中、時間を空けていただきたいのですが、どうしても無理だという諸君は挙手してください。

……いませんか？　けっこう。では全員、明日の朝九時に、ここの玄関前に集合してください。くれぐれも時間厳守のこと。以上です」

そして圭は、ほかの団員達よりも五時間も早い集合をかけられた理由を聞きたげな、十五人の音大生たちの視線は無視して、さっさと人垣から出て来ると、

「帰りましょうか」

と言ってきた。

「あ、うん。じゃあ、椅子《いす》を片づけて来るから」

僕はそう答えて、いつもそうしていたように、自分が使った椅子をたたみ、急いで帰った人達が残していった椅子と一緒に、収納場所へと運んで行った。

壁に立てかけた列の端にガシャンガシャンと置いたところで、圭も両手に二脚ずつ運んで来たんで、

「はいはい、どうもどうも」

と並べ場所に置くのを手伝った。

振り向けば、まだかなりの数の椅子が置きっぱなしになっていて、片づけに動いているのは五十嵐くんと遠藤くんだけ。

あーもー、しょうがないなァ。

「おーい、学生は椅子片づけ手伝って!」

と声を張り上げておいて、次を運びに行った。

すれ違った五十嵐くんがペコッと頭を下げて行ったのは、そういうことが徹底できてなかったのを（すいません）と詫《わ》びたものだ。

いやいや、自分が使った椅子ぐらいは片づけて帰るのは、常識の範囲だって。

五分後、鍵《かぎ》かけは五十嵐くんに任せて、僕は圭と一緒に会議室を出た。

「新人だけ集めて、何を」

と聞きかけたところへ、まだ廊下にいた女子大生の子達に、

「お疲れ様でした〜」

と声をかけられて、

「あ、お疲れ」

と手を振った。

ん？　いまのは圭のファンの子達か。僕が返事しちゃ変だったな。

市民センターの玄関を出たところで、また声をかけられた。一組は僕のファンだって言った子達だったんで、「お疲れさん」と返した。もう一組は圭のファンなので、僕は見て見ないふり。

彼女達との距離ができたところで言ってやった。

「やれやれ、モテちゃってるねェ」

「煩わしいかぎりです」

長身でハンサムで若き天才指揮者という、女の子達が恋心を燃やす条件はそろいきっている僕の恋人は、ブスッとした顔で吐き出した。

「まあね」

と賛同してやって、さっきやりそこなった話を持ち出し直した。

「で？　明日あの子達を集めて、何をしようっていうんだい？」

「アンサンブルの基本を特訓します」

「って？」

「『聴いて合わせる』という姿勢をたたき込まないと、使い物になりません」

僕は（たしかに）と思ったけど、

「でも彼女達のおかげで弦の厚みは段違いになってるよ？」

という言い方で、「使い物にならない＝クビ」とやる危惧《きぐ》がないでもない、フジミ大事の常任指揮者殿に釘《くぎ》を刺した。

「たしかに音はよくなりましたが、それに勝る雑音がうるさくて、僕はたいへん不快です」

圭はそんなふうに反論してきた。

「まあでも、フジミ憲法の第一条はさァ」

反論への反論を言いかけた僕は、

「場合によっては見直す必要もあるように思います」

という圭の見解を聞かされて、

「まあ……ね」

と、つい賛成してしまった。だって、なァ……

「フジミをないがしろにするような団員は、いてもらっても迷惑なだけだってのは、僕も本音としてあるけどさ。

けど、ニコちゃん達の意見がどうなのか、相談してからやったほうがよくないかい？」

「退団者は出しませんよ」

圭は言って、つけくわえた。

「定演が終わるまでは」

「あー、うん……そうね。それまでに彼女達がフジミのよさをわかってくれて、その先も続けたいって思ってくれるならだけど、そうじゃないなら引き止められないよな」

圭の言葉で心に浮かんだことは、ちょっと口には出せなくて、そんなふうに繕った。

「定演までは彼女達による底上げを利用する算段に聞こえると言われれば、たしかにそのとおりですが」

ああ、圭には僕の心の声は聞こえちゃってたか。

「僕が彼女達を口先巧みに誘い込んで来たわけではありません」

「う、うん、そうだよね」

「また彼女達も、オーケストラ演奏に関わるかぎりは、こんな土壇場《どたんば》での一抜けがどのような混乱をもたらすかは、察しがつけられるでしょう。すでに本番までの参加は義務となっている立場も、当然理解できるはずです」

「うん……。でさ、何をやる気？」

「明日ですか？　レクチャーですよ」

「あ、場所取ってある？」

「いつもの部屋が使えないなら、裏の公園ででもやりますので」

「あのさァ……」

言ったものかどうしようか迷いながら、僕はおずおずと切り出した。

「さっきからきみ……すごく怖いんだけど」

「おや」

圭は右手でつるりと顔を撫《な》で、絵に描いたみたいなやさしい笑みを作ってみせたが、それってなおさら怖いって。

「きみがあの子達に頭に来る気持ちはわかるけどさ、まだ学生で世間を知らないお嬢さん達だってことでさ、その、なるべく穏便に……ね？」

「ええ」

と圭はうなずき、僕の表情を見やって苦笑した。

「心配しなくても、音楽に関することでなら、僕はいくらでも辛抱強くふるまえますよ。ブダペストでの手痛い教訓も、まだ忘れてはいませんし。

楽員に勝手を許してしまう指揮者では存在意義がありませんが、楽員に背かれるとなったら、指揮者としての才能も適性もないということです。僕はそう学びました」

「あは。あの時の演奏自体はすごかったけどね。僕はビデオで聴いたわけだけどさ」

「僕は、あの時の自分の演奏はよく覚えていません。あんな音楽どころではなかったような指揮に、審査員はよく銀など出したものです」

「そこはほら、若さゆえの勇み足はあったにしても、ちゃんときみの音楽に聞こえる演奏を作り上げたってことでさ。

力技でやっちゃったにしても、あれだけのもんにまとめ上げてたんだから、正当な評価だよ」

「僕の指揮者としての未熟さを、(まあ、若いのだからしかたがない)というふうに勘案されての銀だと思うと、よけいに不本意ですね」

「気難しいんだからァ」

と笑ってしまった僕に、圭もようやく本物の笑みを見せてくれて（ただし苦笑ってやつだったけど）、僕達はどうにか、あれこれでしこった気分を家の中までは持ち込まずに済んだ。

ほんとに……今夜はもう、いざこざはたくさんだ。明日のための心の洗濯をしたいよ。

「ただいま帰りました」

光一郎さんにあいさつを言って、圭が玄関の鍵締めとあいさつを済ませるのを待って、帰宅のキス。

「今夜は下の風呂《ふろ》にしませんか？」

という圭の持ちかけに、

「うん」

とうなずいた。

帰国してから初めて湯を張った檜《ひのき》風呂は、日本人に生まれた幸せみたいなのを感じさせてくれて、僕達は背中の洗いっこをしたりして、くつろいだバスタイムを楽しんだ。

「今夜は、いいですか？」

「ん？　あは……うん」

練習は昼間たっぷりやったし、ソロの出来については、もうまな板の上の観念した鯉って気分。だって、いまさらじたばたしたってさァ。それに、あのオケの状態じゃ……

やめよう、考え出すと気が揉《も》めて、胃が痛くなってきちゃう。

だから今夜は恋人タイムにして、ゆっくり眠って、明日への元気をつけるんだ。

二人でベッドに入って、キスしながらバスローブを脱がせ合い、おたがいをまさぐり合い……そんなふうに僕らは愛の時間を始めた。

「きみの胸って、本当に理想的な肉づきしてるよね」

撫でるだけじゃ足りなくて、頬《ほお》ずりしながらそうささやいた。

「そうですか？」

胸筋からじかに耳に響く、艶《つや》があって力強い、きみのバリトン……ああ、声だけで感じちゃうよ。

「うん。たくましくって、でもマッチョってほどムキムキじゃなくってさ」

「きみはまた痩《や》せましたね」

僕の背中や脇腹《わきばら》をさするように撫でながら、圭が心配そうな声音で言った。

「うん、ごめんね、洗濯板で」

「この華奢《きゃしゃ》さが色めかしいのですが、われを忘れて抱きしめたら折れてしまいそうで……しかしそれもまた愛しいのです……」

言いながら、圭の手は尻《しり》へとすべり、やわやわと揉みしだいてから大腿《だいたい》の裏へと撫で降りた。

あ……そこ、感じる……

「もっと太りたいんだけどね、この体がバイオリンの音をもっと豊かに共鳴させられるようにさ……いまの僕の音って、その意味じゃ骨と皮に響いてるだろ？」

「では、きみの骨格はクリスタルあたりで出来ていて、この肌も澄みきった何かの粒子の集合体なのでしょう。きみの音色には繊細で煌《きら》らかな輝きがありますから」

「褒め殺し大王様は、詩人も目指すのかい？」

「きみが言わせるのですよ」

「……だめだ、僕のボキャブラリーじゃ対抗できないや」

「きみの唇や舌は、くちづけ専用でけっこうですので」

「ふふ、……ん……あ……ふ……」

風呂でのくつろぎを楽しむような、急がず一つ一つの快感にゆっくりと浸るセックスは、激しくむさぼり合うそれよりも、僕は好きかもしれない。

圭は僕の足の指のあいだに、新しく感じるポイントを発見した。右足の中指と第四指の股《また》をねろねろ嘗《な》められたら、声が出ちゃったほどゾクゾクッと来てさ。

「あっ、やだよ、そこっ」

「感じていますね、とても」

「だ、だめ、きみにそんなことさせるのっ、ああんっ、や、やめて、圭っ」

僕は身悶《みもだ》えて逃げようとし、でも圭は僕の足を離してくれなくて、僕はさんざんにそこを嘗め犯され、それから舌でほぐされたそこに熱くて固い圭を受け入れた。

「ここはおとなしくさせてくれるようになったのに、どうして足は嫌なのです？」

ラルゴのリズムで僕の奥深くまでを行き来しながら、圭がからかい笑いを浮かべた声でささやいた。

「だって、なんか……ああ、はあ……奴隷かなんかがすることみたいじゃないか……はあ、ああ、ああっ」

いい……イイよ、圭……いい……

「僕はきみの前では、仕える悦《よろこ》びに満ちた奴隷ですよ。僕にできる奉仕はすべて捧《ささ》げたい」

「そんなの……」

「嫌ですか？」

「……身にあまる幸せで溺《おぼ》れちゃいそうだ」

「ああ、悠季……可愛《かわい》い人だっ」

しだいにテンポアップする律動の中で、僕達はたがいの名を呼び合って高ぶりを分かち合い、最後は固く抱きしめ合って、虚空に身を投げるような浮遊感に満たされた数瞬を共にした。

それから、ほほえみ合いながらキスをし……（とても幸せだ）と思った。

圭も同じように感じていることが、これ以上はなく満ち足りた気持ちにさせてくれる。

あとは、こうしていても影みたいに心に差し込んでいる、フジミ方面の心配事さえ解決してくれれば……なんだけど。

圭が考えている作戦が、成功してくれることを祈ろう。ほんとに……頼むよ、圭……

翌日、圭はご機嫌なようすで起き出し、朝のあれこれを鼻唄まじりにやっていたけど、僕としては、圭の切り換えのデジタルさからいって、家を出たとたんに不機嫌な指揮者モードになるんだろうって気がした。

だから、午前中の練習を見学したいと持ちかけたんだ。

「かまいませんが、練習はいいのですか？」

「きみがどうやって彼女達に手綱をつけるのか見せてもらったら、帰って来て僕のほうのことをやるよ」

「そんなに心配ですか？　僕が彼女達を怒鳴りつけ、首根っこを押さえつけて尻をぶっとでも？」

圭はそれを笑い声で言い、それからほほえみをふくんだおだやかな調子に口調を変えて続けた。

「必要ならばやるかもしれませんが、その際は手袋を着用の上、接触はできるだけ短時間に切り上げますから」

「なに言ってんだよ」

「冗談ですよ。まあ、あの年代の女性達を扱うのは初めてのことですが、彼女達の思考回路はおよそ把握できたつもりですので、ご心配なく」

「僕もね、心配してるんじゃなくて、きみの人心コントロール術に興味があるだけ。あ、もう八時半だよ」

「時間ぴったりに着くように出かけます。九時七分前出発ですね」

「了解」

「いらっしゃるのなら、バイオリンをお持ちいただいてよろしいですか？」

「うん、わかった」

「あるいは出番はないかもしれませんが」

「いいよ。雨は降らなそうだし」

僕達は九時ちょうどに市民センターの玄関前に着き、女子音大生達は全員ちゃんと来ていた。

「天気はだいじょうぶのようですので、公園に行きます」

圭が場所の指示を言って、僕達が先頭になって移動した。

市民の憩いの場として市民センター裏に広がっている『みどりの公園』は、散歩のお年寄りや子供連れの母親達や若者達のデート場所として、よく活用されている。

圭は、ベンチがある芝生を選んで、音大生達を集めた。

「守村さんはベンチにでもいらしてください」

「あ、うん」

じゃまにならないようにベンチに腰を下ろした。

「さて、諸君。こうして特別練習を組んだ理由は、各々わかっていると思います」

自分を半円に取り巻かせておいて、圭が話し出した。

「すでに諸君もおわかりのフジミの事情にかんがみ、定演を成功させるための傾向と対策を練るためです」

でも、と例の神崎美保が口を動かしかけたが、圭は無視して話を続けた。

「当フジミは、M響および音大生諸君を除いては、まったくのアマチュア達の集まりです。十七年前だそうな発足当初には、さらにずぶの素人が集まった楽団でした。

そうしたフジミに音大生が参加するようになったのは、守村さんが最初でしたか?」

話を振って来られて、僕は一瞬考えてから答えた。

「居ついたのは、そうかもしれません。僕が入る前のことはよく知りませんけど」

「M響の諸君が入団したのは、一昨年の秋からです」

圭はそう話を先に進めた。

「彼らは僕の勧誘に応じて、団員として参加してくれました。

その時に僕が彼らに言った条件は、二つ。一つは、ゲスト奏者として誘うのではないので、ギャラはなく、会費を支払って参加する団員になってもらうこと。

二つ目は、楽器の演奏に関してはプロとして立っている諸君ですので、他のフジミ団員の技術力の向上に手を貸してほしい。

彼らはその条件を呑《の》んで、現在も団員として活動しています」

圭はそこで言葉を切り、すっと視線で撫《な》でるように音大生達を見まわした。

「さて、なぜこういった話をしたかといいますと、フジミでは、正規の音楽教育を受け、素人団員に教えるだけの力を持っている諸君は、洩《も》れなく縁の下の力持ちとして働いていただくのだということを言うためです」

女の子達がこっそりと顔を見合わせ、圭はかまわずに話し続けた。

「すなわち、たとえば守村さんは、長年のあいだコンサートマスターとして、アマチュア諸君の音楽指導に鋭意当たって来られましたし、飯田くん達M響の諸君も、それぞれに指導的な立場で、フジミの底上げに寄与されています。

そこで僕は、音楽大学生である諸君にも、同様の協力と努力を求める次第です」

そこで圭はちょっと間を置き、

「むろん、それぞれの力に見合った、できる範囲のことでけっこうですが」

と言い添え、口調をあらためて言葉を接いだ。

「まあ、団員にこうした活動を求める楽団というのは、諸君の常識の範囲ではあまりないことではないかと思います。

この中で、アマチュアオーケストラへの参加経験を持っておられる諸君は？　ああ、では全員、フジミが初体験というわけですね。

守村さん、音大のフロイデオーケストラの中では、先輩が後輩に音楽面の指導や助言を行なうといったことは、なされていないのですか？」

「あー、それはそれなりに。もっとも、言うとしても個々の技術的なことについてではなくて、『オーケストラとしての演奏技術』に関する面っていうか。

パートとしての音をどうやって合わせるかといった点ですね、おもに」

ご下問《かもん》に答えながら、僕は、圭の作戦が読めて来たぞと思った。

圭は、彼女達の気が利かなさを遠回しに教えながら、音大生であるというプライドに訴え、彼女らにフジミの音楽面でプチ教師という役割を与えることで、積極性を持った団員に生まれ変わらせようとしてるんだ。

ところが、だった。

「そうですか。では諸君には、M響の諸君にお願いしているような面倒見を期待しても、無理でしょう」

なァんて、一気に落とすようなことを。

「先輩に面倒を見てもらった経験がないならば、先輩として面倒を見て欲しいともうしあげても、どうしたらよいのか見当がつかないでしょうからね。

ええ、けっこうです。その点は期待しません」

彼女達が誰もまだ何も言わないうちに、圭はそう彼女達を切り捨ててしまった。

「ところで、この中にフロイデのメンバーではないという諸君は、どのくらいおられますか？　挙手を願います」

挙がった手はけっこう多かった。フロイデでやってる子は、神崎美保とあと何人かだ。

「なるほど」

と、圭は見た目にもはっきりと肩を落とした。

「どうりで、オーケストラ演奏に対する目にあまる無神経さが、いつまでたっても改善しないはずです」

口調は独り言だが、全員に聞こえるだけのボリュームでつぶやいて、圭は（やれやれ）という表情で彼女達を見渡した。

「では、この場であらためて、諸君に注意を喚起しておきます。

われわれがやっているのは『合奏』であり、オーケストラは全体で一個の楽器として、スコアにあるハーモニーを演奏しなければなりません。

すなわち、たとえばバイオリンパートは、ソロバイオリニストの競演ではなく、『フジミの第一バイオリンパート』というまとまりとしての音を目指していただかないと困ります。第二バイオリン、ビオラもおなじです。では、そのパートとしてのまとまりを作り出すには、どうしたらよいか。

きみ、フロイデではどのようにしていますか?」

圭が指さしたのは神崎美保で、彼女は圭のご指名にぱっと顔を輝かせると、得々とした調子で言った。

「パートの中でおたがいの音を聴き合って、まとまりのある音を作り出すように合わせます」

「正解です。しかしきみは、フジミにおいては、その正解を否定していますね」

いきなりズバリだった。

きみはパートに音を合わせることをしていないと指摘されて、神崎美保は一瞬真っ赤になったが、すぐさま反論の口火を切った。

「だって合わせようがないですよ! ピッチからして狂ってるような、音程は甘いしリズムも外れちゃう人達に、どうやって合わせるんですか⁉」

「それは諸君に考えていただきますが、ではきみは、フジミに何をしに来ているのですか?」

「え……」

「演奏に参加するためではないのですか?」

神崎美保は一瞬にして追い詰められ、開き直った。

「私は、桐ノ院さんの指揮で演奏したくて、入団しました」

圭は追撃にかかった。

「僕はオーケストラ指揮者なのですが？」

「もちろん知ってます」

「僕がフジミでやっているのは、オーケストラの指揮ですよ？」

「は、はい」

「きみの目を楽しませるために、音楽に乗ってあれやこれやのポーズを取って見せているわけではないのですが、わかっていますか？　いかがです」

これは……ちょっとどころではなく手厳しいやっつけだった。

しかも圭は、さらに追い討ちをかけた。

「僕には、そのあたりに重大な思い違いがあるように思えてなりません。もしもきみが、僕とのオーケストラ演奏を目的として入団されたのなら、僕の楽員として僕の音楽に貢献するためには、何に心を砕くべきかに、とっくに気づいていてしかるべきでしょう」

「で、でもっ」

「フジミの下手《へた》さにはつき合いきれない、ですか？　それについては、もうしわけないと言うしかないですね。

僕がフジミの常任指揮者に就任して二年になりますが、これでも就任当時よりはずいぶんとレベルが上がって来たのだと言っても、かえって失笑を買うぐらいのものでしょう。

僕としても精いっぱいの努力はしているのですがね、専門的な音楽教育を受けたわけでもなく、『クラシック音楽が好きだ』『演奏を聴いているだけでは飽き足らない』『自分でも演奏してみたい』という思いだけで、ヘソクリの貯金で楽器を買って入団して来たような団員がほとんどのフジミでは、一朝一夕に目に見えて進歩してくれることなど、望むべくもありません。あるいは、フジミが僕の夢見るような音楽的な力までを手に入れるのは、いまの団員諸君が、二世団員との交代をしてしまってからのことになるかもしれない」

しみじみとした調子で言って、圭は、めったに発揮しない饒舌《じょうぜつ》な長広舌を続けた。

「古参団員の諸君はそれぞれに、責任ある稼ぎ手として家族を養い、あるいは家族を支える日々の余暇として、フジミを楽しみ、ある意味では癒《いや》しを得もしながら、生活を彩る趣味の音楽活動の場として、フジミを愛し守ってきています。

そして、僕もその一人であり、守村さんもおなじです。

僕らは音楽的な巧拙《こうせつ》をウンヌンするのとは違う次元で、フジミという下手の横好き集団を愛《いと》しく思っていて、それが僕らの活動エネルギーです。

しかし、それを誰彼なしに『評価せよ』と押しつける気は毛頭ない。わからない、ないし賛同できないという意見には、黙ってうなずくのみです」

そこで圭は、ふたたび全員を一人ずつ見渡すというインターバルを取り、言った。

「プロ音楽家を目指すのであろう諸君とは、いずれまた、プロ同士としていずれかのステージで相まみえ得る可能性があるというのを前提に、僕は、この場でいったん諸君との縁に終止符を打ちます」

エッ!? と思って腰を浮かせた時には、圭はもう、

「フジミのつたないハーモニーに合わせる音など持たないとおっしゃる諸君は、どうぞ今をもって退団してください」

なんて言ってしまっていた!

「残って定演に参加する諸君は、少なくとも次回、来年の定演までは、僕の意図に加担しフジミの演奏力の向上に寄与する、指導的スタッフとして働く覚悟を固めてください。

僕が言いたいことは以上です。

諸君の選択について、僕が好悪の評定を下すことはいっさいありません。誓います。

また諸君の返答は、午後からの練習に参加されるかどうかで判断しますので、わざわざの意思表明は必要ありません。

では、残る覚悟をされた諸君は、午後二時に練習場に集合のこと。その他の諸君とは、これでお別れします」

ちょっと待てよ! と異議申し立ての口をはさむ隙《すき》もなく、スピーディーに話を決めてしまった圭に、果敢な食い下がりを挑んだのは神崎美保。

「定演は明後日よ!? 私達が抜けちゃってもかまわないんですか!?」

「ええ、いっこうに」

　圭は平然と言い放ち、物分かりの悪い相手に説明を与えなくてはならない面倒くささを、あからさまに面倒がる顔で言った。

「音量よりも、ハーモニーの完成度を追求するのが、僕のオーケストラ理念です」

　それから、軽く肩をすくめるしぐさをはさんでつけくわえた。

「フジミの理念は、『来る者は拒まず、去る者は追わず』ですが、それをアマチュアゆえのいいかげんさだなどと解釈するのは間違いです。

　石田くん達が標榜《ひょうぼう》しているのは、共にハーモニーを作り上げようとする音楽愛好仲間であれば、腕は問わずに迎え入れるという、一般市民が音楽作りを楽しむためのオープンなオケ活動です。

　僕も守村さんも、そうしたフジミを愛するがゆえに、こうして参加をしている。

　つまりフジミを愛せない団員は、むりにいていただく必要はないし、ハーモニーを作る気のない団員は、はっきり言って迷惑です」

「ひどい……っ！」

　神崎美保が、言うだろうなと思ったセリフを涙声で吐き出したが、圭は動じなかった。

「五十嵐くんも飯田くんも『来る者は拒まず』のフジミ憲法を遵守して来られたようですが、僕がいたら、もっと早く諸君にこうした説明を行ない、選択を求めていたでしょう。その点で、時間をむだにさせられたとお感じならば、あやまります」

そして圭は僕を振り返り、

「行きましょうか」

と退場を提案してきた。

僕としては、もしもこういう場面になったならば止め役として動くつもりで、ついて来たのだけれど……圭が言ったことはいちいちもっともな正論で、口の差しはさみようがない。

「あっ、あのっ」

悲鳴のような金切り声にアガッてしまっている声で、圭を呼び止めて来たのは、第一部のプログラムで僕とプルトを組んできた、橘さやかさんだった。

シャイな橘さんは、首まで真っ赤になり口ごもりながらそれを言った。

「あ、あのっ、も、守村さんや桐ノ院さんと一緒に演奏したいという理由では、だ、だめなんでしょうか」

「ええ」

と圭は一刀両断に断《き》って捨て、でもちゃんと説明は付け足した。

「そういう理由でフジミを利用するならば、利用される分フジミの役にも立っていただけないと、僕らとしては認めかねます」

そして、これは彼にとっては破格の親切心を出したな、って感じのアドバイスをくわえた。

「諸君には音大卒業後、プロの世界で僕らとステージを共にするという可能性があります。なにも下手なフジミで辛抱されることはありません」

もうっ、そう下手下手って言うなって。

「守村さんとの共演をお望みなら、フロイデで彼をソリストに招けばいいでしょう」

うっわー、これは神崎美保へのしっぺ返し。

「で、でもあのっ、プルトをご一緒できるのなんて、ここでしかっ」

「だからといって、フジミを利用し、その上ないがしろにする権利はないでしょう？」

「な、ないがしろになんてっ！」

この子が泣いたらちょっと堪《こた》えるなと僕は思ったけど、橘さんは涙はこぼさなかった。内気だけど芯《しん》の強い子なんだ。

「そ、そういうふうに聞こえていたなら、お詫《わ》びします。あの、改めますっ」

「ええ。そういう方は、午後からの練習に参加されてください」

それから圭は、言いたくなさそうに続けた。

「基本的には、僕らは諸君の入団を喜んでいたのですよ。フジミはずっと弦が不足していましたので、きちんと弾ける弦が増えてくれるのは大歓迎でした。

ですから、今日こうした話をしなければならなかったのは、僕らにとってはたいへん残念なことです。

以上です。解散しましょう」

「あの！」

とかん高く呼び止めを入れて来たのは、こんどは神崎美保のほう。

「私も、桐ノ院さんの指揮で演奏してみたくって入団しました。フロイデにゲストで来ていただいても、ほんの一回かぎりのご縁で、ここでなら週に三回も桐ノ院さんの指揮が見れます。ですから私やめません！」

そしていかにも神崎美保らしいことを言った。

「下手なのが嫌なら、ほかの人達にうまくなってもらえばいいんですよね！　私、がんばりますから！」

うわちゃ〜……と僕は思った。この子が「がんばった」ら、それはそれでまた波風を起こしそうだなァ。

そんなことを考えていた耳に、圭が言うのが聞こえた。

「もちろん、それならそれでけっこうですが、僕はゲイですよ」

うっ！　い、言っちゃうか、それを〜!?

しかし神崎美保の反応は、さらに神崎美保だった。

「あ、五十嵐先輩が匂《にお》わそうとしてたのは、それだったんですねー！　私、ぜーんぜんかまいません。もう婚約者いますから、桐ノ院さんは観賞用ですからァ」

あ……なんか、ガクッと疲れたぞ。

それへ圭が、落ち着き払った調子で言った。

「ちなみにいまの件は、団内では公表していませんので、よろしければオフレコに願います」

神崎美保はウンウンとうなずき、しかつめらしく言った。

「音楽家にはゲイの人が多いっていうのは、私達の中では常識ですけど、世間から『音楽家はみんなゲイだ』と思われるのは不愉快ですもんねー」

この子は言葉の選び方ってのを知らないんだ、と僕は悟った。もしくは言葉の使い方に気を遣うセンスがない。

不愉快で悪うございましたね、僕もゲイなんですよ、ごめんなさいっ。

さて、異議申し立ても終了のようだから……

「僕は帰って練習するよ」

ということでベンチから立ち上がった。

歩き出したら圭もついて来て、（これじゃ僕らがカップルだってのがバレるんじゃないか？）と思ったけど、そろそろ潮時かもしれないとも考えた。

いつまでもコソコソしてることじゃないかもしれない。僕も、もうそろそろ開き直るべきなのかも……

「明日の新幹線のチケットは手配されたのですか？」

圭が話しかけて来たんで、

「うん、指定席で取ってある」

と答えた。

「橘くんは、きみのかなりのファンですね」

「神崎美保も相当じゃないか」

「女性の言辞というのは、しばしば意表を突いてきます」

「あの子に社会性がつくと、川島さんになるって感じ?」

「どうでしょう。川島くんの鋭さとは種類が違うように思いますが」

「川島さんは言うことも鋭いけど、そもそも頭が鋭いんだよな。よく他人を見てるし、回転が速いから、神崎美保みたいな失言はやらない」

「彼女はフルネームなんですね」

「あ、神崎美保? あは、うん、なんかねー……最初に覚えた時が、『おいこら、神崎美保ー!』って感じだったから? 『神崎さん』っては言いたくない感じでさ」

「ふふ、なんとなくわかります」

「だろ? あれはやっぱり『神崎美保』だよ」

その後のたっぷり四時間を、彼女達がどうやって過ごしたのかは、あとで石田さんの口から聞いた。

石田さんの喫茶店モーツァルトで、話し合いをやってたんだって。コーヒー一杯で粘られるかと思ったら、ケーキやら追加のオーダーが出てくれたんで、いいお客だったと笑ってた。

午後二時からの練習には、十五人全員が顔をそろえて、僕はすっかり彼女達を見直したんだけど、橘さんによれば『ともかく定演までは抜けない』っていう結論だったそうで、そのあとどうするかは各人の自由意思になるそうな。

橘さんは、残ると決めてるそうだけど。

「でも、僕はまだ当分こっちへは帰って来られないだろうと思うよ」

と言ってみた。

「行く前には二、三年って予定だったけど、いまは、それもどうなるかなァって感じで」

「でもいずれ帰国されたら、フジミに戻って来られるんですよね？」

「うん、そりゃね。桐ノ院さんの指揮でやろうと思ったら、いまのところ、ここかM響しかないんだから。M響よりはこっちのほうが入りやすいだろ？」

「はい」

と橘さんはコロコロ笑い出し、慣れてしまえば話もできないほど内気じゃなかった彼女は、僕のちょっとしたお気に入りになった。そして練習が始まって……僕は、前向きな努力がこんなふうにすらすらと成果になるのを聞いたのは初めてだ。

フジミの中で弾く、ってことへのわきまえがついた彼女達の音は、さすが音大生ってところの頼れる戦力として働き始め、圭も満足そうだった。

もちろんパートの音色として聞けば、彼女達の綺麗《きれい》な音と、ほかの団員さん達の改善の余地がある音とが混じり合ってるわけだけど、そういう混じり合ったのが僕らフジミの音でもあるし、そもそも昨日までは水と油みたいにくっきり二層ができちゃってて、それが問題だったんだから。混じり合ってくれたなら、それでもうワンクリアなんだ。

そして、そういうふうに音が混じり合うってのは、気持ちが一つにまとまろうとしてるってこと。と言うか、音大生達がほかの団員さん達とまとまろうという気持ちになったことで、音も寄り添い始めたんだ。

うん、いいね、いいね。そうだよ、こういう気持ちの通い合いが、フジミのあったかいハーモニーを作り出すんだ。

あとは、彼女達が定演のあとも居ついてくれたら、うれしいんだけど……やっぱり五分五分だろうなァ。

会場のつごうで、午後六時からのゲネプロしか場所を取れなかったんで、五時まではいつもの市民センターで最終の練習をやり、それから市民会館に移動した。

大型の楽器類と譜面台やらは、いつものとおり、長谷川トンちゃんが借りて来てくれた富士見商工会のマイクロバスで運んだんだけど、このバスがお嬢様達の面白がりのツボにはまったらしくて、まあキャラキャラ笑うこと笑うこと。

五十嵐コン・マスが調子に乗って、

「富士見ショーコー会！」

というポーズつきのギャグを編み出し、それが大人の団員さん達にもウケて蔓延《まんえん》して、何かというと持ち出す合言葉みたいな感じになった。

親指と人差し指をいっぱいに広げて、バスのロゴマークが乗ってるブルーのラインをジェスチャーしながら、エッヘンってふうに胸を張って「富士見商工会！」を言うんだ。

あとから考えたら、きっとなんでそんなに可笑《おか》しかったんだかわからない、一日だけ咲く花みたいなそのギャグは、みんなをおおいに楽しませ、古参と新人とが気持ち的になじむきっかけにもなってくれたようだった。

本番会場でのゲネプロは、まずは楽屋割りの伝達から始まって、ステージの広さを確認したあと、椅子《いす》の並べ位置の相談。

「明日の午前中は、別のプログラムが入っているのですね」

「うん、そうなんだよ。二時まではナントカ健康法の講習会で、ボクたちが使えるのは三時以降ってことでね。だから三時に集合して会場作りをやって、四時からリハーサルって予定にしたんだ」

つまり、椅子の位置を決めても、いったんは撤去して、明日また置き直さなきゃいけないってわけだ。

「とりあえずやってみましょう」

「えーと、皆さん！　位置を決めますから、めいめい椅子を持って集まってください！」

「センターはここっすよー！　はいはい、ここ、ここ！

あ、桐ノ院さん、目印にここへ立っててください」

「おいおい、コンをパイロン代わりに使うなよ！」

「えーっ、だって背ェ高いから、目立ってちょうどいいじゃないっすかァ」

「そりゃそうだけどな？　国際コンクール二位の新進気鋭だぜ？　ちょっとは奉らないとまずいだろーよ」

後藤《ごとう》さんは半分は冗談で言ってたけど、五十嵐くんは、

「そっすかァ？」

と困ったふうだったんで、僕が助け船を出してやった。

「あはは、いいって、いいって。コンは椅子使わないから暇だしさ。ねえ、桐ノ院さん？」

「ええ、僕のほうからも、全体を見渡しての指示出しができますし」

そして圭は、さっそく吠《ほ》えた。

「第一バイオリンの奇数列、もう少し間隔を広げてみてください！　右翼側とのバランスが悪

いです。ええ、あと少し！」

この椅子の位置決めは、オーケストラにとってはかなり重要だ。客席から見たステージの見映えも考慮しなくちゃならないけど、第一には全員がコンの指揮をぐあいよく見られるかどうか。

そしてパートの中での聴き合いをやりながら、全体の音も聴けなくちゃいけないから、くっつき過ぎも散らばり過ぎもまずいってこと。

もちろん、楽器を弾いたり吹いたりするのにじゃまにならない位置に、譜面台を置けるだけの余地があるかって問題もある。

いつもの練習場は、六十人規模のオケにはやや狭くって、プルトをくっつけ合うのに慣れてるみんなは、ステージの広さに戸惑ってる感じだけど、それもいつもの定演風景だ。

「おおよそこんな感じじっすかね」

「音出ししてみましょう」

「へいっ。貝塚先生、音くださーい！」

五十嵐くんのコン・マスぶりはなかなか堂に入ってて、僕はちょっとだけ嫉妬《しっと》した。

圭とあいうやり取りをするのは、僕でありたかったな、なんてね。

圭は客席の中央まで出ていき、

「《アルルの女》の前奏曲です」

と指示を言って来た。

それから、みんながスコアのセットを終えるのを待って、尻《しり》ポケットからタクトを取り出し、

「行きます」

と声をかけて振り始め、通しで振り終えた。

「バイオリンの諸君を、少し詰めましょう。間隔を十センチほど詰める感じで」

ガタガタと椅子を移動させる音がステージ中に響き、やがて静まった。

「チェロとバスの諸君も、各自五センチずつ詰めてください」

「おいおい、五センチってのはなんだよ」

飯田さんがぼやき、笑いのさざ波が立った。

「ではもう一度《前奏曲》」

こんどは圭は真ん中あたりで曲を止めた。

「OKです。配置はこれで行きますので、それぞれ場所を覚えておいてください。ゲネプロ後、椅子はいったん撤去するそうですので」

「あ、私プリクラシール持ってるから、貼《は》っちゃおー」

音大生の一人がそんなアイデアを出した。

「あ、いっすね、それ」

五十嵐くんが賛成票を投じ、

「ただし剝《は》がすの忘れないようにしないと、あとあと顔踏まれっぱなしっすよね」

という言い方で、プリクラシール使用についての注意をうまく言い添えた。

こういうところが、五十嵐くんはうまいんだよねェ。僕にはできない芸当だ。

「それじゃーゲネプロ始めまーす！　本番どおりの入りからやりますから、いったん舞台袖《そで》に退場してくださーい！」

「俺《おれ》らは上手に引いていいんだっけ？」

「あ、そっすー！　およそ半分ずつで上手か下手かに流れてくださーい！　あ、楽器も持ってってくださいよー、本番どおりやるんっすからねー！」

ぞろぞろと下手袖に下がるグループに混じっていたら、古参の女の人達が歩きながら話してるのが聞こえた。

「ねえ、チケットは全部さばけたのかしら」

「らしいわよ」

「あら、まだ百枚ちょっと残ってるって聞いたけど？」

「うっそォ、それ情報が古いのよ」

「石田さんに聞いてみよっと。もし完売してないんなら、今夜中になるべく動員かけないと」

「私が売った分はすごく捌《は》けがよかったから、完売してると思うわよ？」

「あ、あれでしょ？　桐ノ院さんの写真を大っきく入れたチラシ！」

「ポスターも作りたかったわよねェ」
「ほんとほんと！」
そういえば、市民センターの催し物お知らせのボードに貼り出してあったチラシの、圭の指揮姿の写真はカッコいいよな。あれ一枚欲しいな。
《開演五分前のブザー入りまーす》
五十嵐くんのスピーカーを通した声が言い、
「うっそ！　ちょっと五十嵐くんっ、私達がステージに出るほうが先じゃないの⁉」
という声が上がった。
《え？　あ、そっか。すんません、間違えました！》
「おーい、しっかりしてくれよー！」
《ごめんな、アガってんだよ》
「いまからアガってちゃ、本番はどうなるんだよっ」
《今日のうちにアガっといて、明日はバッチリ決めるんだよっ》
そんな男子学生同士のやり取りがあって、
《えーでは改めまして》
と五十嵐くんがまじめな調子に戻って言った。
《開演十分前になりました。みなさんステージにスタンバイどうぞ》

みんなはぞろぞろとステージに出ていき、それぞれの席について、第一部用のピースを譜面台にセットした。

「守村さん、譜面台の高さ、いいですか？」

「うん、僕のほうはオッケ」

開演五分前のブザーが鳴り、今日はみんなの荷物が置いてあるだけの無人の客席に向かって、開演前のお知らせのアナウンス。

五十嵐くんがオーボエ席を振り返って、貝塚さんに音出しの合図を送り、音合わせが始まった。

今日はまだ練習なのだけど、客席には人はいないのだけど、ステージ独特の緊張感があって、みんな真剣な顔で、ちょっと手つきをギクシャクさせてしまったりしながら、それぞれの楽器のピッチを合わせた。

「あの、すいません」

僕の前のプルトの音大生が、お隣さんの第二の斉田さんに話しかけるのが聞こえた。

「ちょっと低いです」

「え、そうかい？」

「ほんの心持ちなんですけど」

「あー、こんな？」

「それじゃ上げ過ぎ。もうちょっと、ほんのちょっと……ええ、オッケーです」

「やっぱり音大の人は、僕らと違って耳がいいんだねェ」

「そのための訓練を、子どものころに泣くほどやって来てますから」

「そうだよなァ、僕なんかは中年過ぎてから始めた口だから。隣でキーコキーコ外れた音出して、ごめんなさいね」

「いえっ、そんなつもりじゃ」

「でも言ってもらったほうが助かるんだ。ほら、自分じゃわかんないから」

「私だって、先生にかかったらボロクソですよォ。『あんた、耳悪いんじゃないの!?』とか叱られちゃってェ」

「アハハ、専門家の道はきびしいんだねェ」

いい雰囲気のおしゃべりで、僕はフジミの今後に明るい展望を持ってもいいような気がして来た。

やがてフウッと客席の照明が落ちて暗くなり、開演時間が来たことをみんなに教えた。カッカッという足音が僕の横を通り過ぎて、指揮者の登場。

今日の服装はラフなポロシャツ姿だけど、客席に礼を送って指揮台に上がった圭の動作は、本番どおりの引き締まった緊張感を見せていて、それがみんなの気分も引き締めた。

練習もかねて第一部を通して、圭が退場。客電が点《つ》き、十分間の休憩を告げるアナウンスの中、楽員達が席を立つ。

「ふ〜う、お客さんがいなくっても、やっぱり緊張するのよねェ」

「いよいよ明日なんだわねェ。ああっ、ドキドキして来ちゃった」

「ねえ、美容院の予約取った？」

「一応ね。水曜日にパーマかけたばっかりだから、ブローだけでいいと思うんだけど」

ビーッと五分前のブザーが鳴り、女の人達は飛び上がったけど、僕も飛び上がりそうになった。

「もうっ、このビーってブザー、別の音にしてくれたらいいのに。心臓に悪いわ」

まったくまったく。

楽員達が席に戻って行くのを見ていて、休憩時間のあいだに僕の椅子《いす》は引っ込めなくちゃいけなかったことに気がついた。

ホールの係の人に言っとかなくちゃ。

第二部はコンチェルトなので、みんなが音合わせを終えてスタンバイし、客席が暗くなったところで、僕が出ていき、それから圭が登場。

本番どおりっていっても、誰もいない客席に向かってお辞儀をするのは、けっこう恥ずかしい。

僕が演奏位置に着いたところで、圭が下手袖からあらわれ、指揮台に立った。

「立ち位置はやっぱりここ？」

聞いた僕の居場所は、指揮台を若干奥へ下げた圭よりも、一歩客席側。

「飯田くん」

と圭が代理指揮者さんを呼び寄せた。

「第一楽章で」

「了解」

圭に代わって飯田さんが指揮台に上がり、圭は客席に降りて、階段席をさっきの場所まで上がった。

「ソロの位置を決めるための音出しなんで」

飯田さんの張った声は、通りがよくて聞きやすい。

「五十嵐コン・マス、手を抜くなよ」

そんなふうに結んだ飯田さんに、五十嵐くんが、

「へーい」

と答えた。

もちろん飯田さんの注意は、全員に向けたものだ。

ああ、そうか、五十嵐くんのやり方は飯田さんの影響も受けてるんだな。洒脱《しゃだつ》なコンと、ノリのいいコン・マス。これがいまのフジミの雰囲気なんだ。

「あ、指揮棒ねェや。まいっか、行くよォ」

飯田さんの手の振りで序奏が始まり、僕は大きく息を吸い込んでソロの入りまでのオケ演奏に耳を傾けた。

あと八小節……四小節前でバイオリンを構え、弓をスタンバイして、ソロ登場。

練習場では、反響がガンガン来る壁に向かっての位置で弾いていたんで、こうして大きくひらけた空間に向かって弾くと、みょうに頼りない気がした。

僕の音はちゃんと客席のすみずみまで届いてるんだろうかって、心配になって来ちゃったんだ。

いや、もちろん届いてるはずだから、必要以上に大きな音を出そうとして変に力んだりしないように、平常心を保たなきゃ。

それでもやっぱり、戻って来た圭に、こっそり聞いてみずにはいられなかった。

「僕の音、ちゃんと後ろまで通ってたかな」

って。

「だいじょうぶです」

圭は請け合ってくれた。

「むしろソロが前に出過ぎる感じがありますので、立ち位置を二歩下げて、もう一度お願いします」

「音を抑える必要はありませんよ。オケとの聞こえのバランスの問題ですから」

「はーい」

「了解」

二度目のテストで、圭は、やはり変えた位置のほうがいいっていう判断を下し、僕は第一バイオリンの偶数列の前ぐらいの位置で、圭の指揮を横目にしながら弾くことになった。

圭が飯田さんとタッチ交代して指揮台に上がった。

「では通しを行きます。が……ソリストの出からやり直しましょうか」

「あ、はい」

袖に引っ込んで、また出て来てお辞儀をして位置に着き、圭が出て来て、演奏開始。

全曲を通しで復習《さら》うのは、これで七回目ぐらいだけど、まとまりができたオケは、音量とはまた別の音的なパワーが増した感じで、僕は福山先生からいただいたご注意を思い出した。

「とりあえず、忠太の弟子（圭のことだ）に食われずに、守村悠季のチャイコフスキーがやれるかどうかだな」

そして、

「バイオリン・コンチェルトは、ソロ・バイオリンが主役だ。忠太の弟子なんぞに負けおったら承知せんぞ」

……ええ、ちゃんと覚えてます。

オケに食われずに、ソロが主役としてリードするコンチェルトをやれ。

しかし……僕はちょっとばかりフジミを侮《あなど》ってたかもしれない。こんなふうに楽員達が一つにまとまって来たら、けっこう手ごわい音を出してくるようになったじゃないか。

おまけに指揮者は、桐ノ院圭。このままうまくみんなのテンションを持っていって、本番では最高に気持ちが盛り上がってるようにコントロールするはずだ。

ってことは、音的には練習して来た百パーセントまでが限界だけど、気迫は百二十とか百五十なんてノリで来る可能性もある。

なるほど、ほんとに「オケに食われるな」だ。しっかり肚《はら》をくって当たらなきゃ。

そんな感想を、僕は圭には言わなかった。

小心な話なんだけど、いまここでフジミの仕上がりぶりを褒めておいて、本番でオケは絶好調だけど僕は不出来だったなんてことになったら……偉そうに「フジミはよくなった」なんて言っといて、そんなざまだったりしたら、すごく恥ずかしいじゃないか。

そしてステージは、終わってみなけりゃ、どういう結果が出るかはわからないんだ。

名古屋への往復で疲れちゃって、うまく集中力が出せない可能性もあるし、体調が崩れるってことも絶対ないとは言えないし、何かのアクシデントに足を引っ張られるかもしれないし
……

オケの出来の話は、すべてが終わってから、結果が出てからにしよう。

　僕はそう決め、圭もその話には触れなかった。

　だからその夜、僕と圭が話し合ったのは、姉さんの結婚式に預かっていく、圭からのお祝いの金額についてだけ。

「十五万なんて、絶対多過ぎるって！」

「しかし伊沢に聞いてみましたところ」

「だからそれは、桐ノ院家のつき合い範囲のお金持ち相場なんだってば！　そもそも弟の僕だって十万しかしないのに、他人のきみがそれより多いってのは、絶対変だよ！」

「僕は他人ですか？」

　と、圭は揚げ足を取って来た。それも（そんな言い方をされると、すねますよ）っていう顔でだ。

　あーもーっ！

「あ、いや、だから、姉さん達からしてみれば、って意味でさ。きみは僕の友達だってことにしてるだろ？

　それでね、ふつうの一般庶民の相場だと、まあ三万ってあたりだからさ。それだって、披露宴に呼ばれたらそのくらい包んでくってことで、ほんとは出す必要もないんじゃないかと思うけどね。

　ほら、世間から見たきみの立場で言えば、友達の姉の結婚式、って図式だろ？　それも会ったのは二回だけだし」

「そうなのですか」

と、圭はこんどはしゅんとなった。どうやら僕の身内関係から仲間はずれにされる感じでいるらしい。

「はいはい、わかったわかった。きみの気持ちはうれしいし、姉さんも喜ぶだろうから、ありがたく預かってくよ。

ただし、金額はこれじゃ多過ぎるから」

「五万……というのはいけませんか？　姉上はご存じないことでも、僕にとっては、最愛のきみの姉上のご結婚です」

「……世間並みじゃ気が済まない？」

「迷惑になるようなら、遠慮しますが」

「オッケー、わかった。じゃあ五万ね？　ええと、この水引きを崩さないように外すってのが
……この字も伊沢さん？　達筆だね」

中身からしたら水引き飾りは控えめでよかったのし袋を開けて、しっかり厚い封筒を取り出した。

「ありゃりゃっ、中封筒に金額書いちゃってあるよ」

「すみません。すべて伊沢が調えてくれたのですが、そうしたものは書かないしきたりでした

か？」

「あ、いや、じゃなくって。十五万ってさ、書いちゃってあるから」

「封筒なしというのは、まずいのでしょうかね」

「う〜ん、ふつうはねェ……あ、そっか、のし袋はコンビニで売ってるから、中の封筒だけ取り換えちゃえばいいね。

外側の飾りの地味派手で値段はピンキリだけど、中封筒はたしか値段にかかわらずおんなじようなやつだから。

ちょっと買いに行ってくるよ」

「ああ、僕が行きます。きみは明日の準備があるでしょう。

そういえば、礼服のサイズは合っていましたか？　燕尾服《えんびふく》の時の採寸で作らせてしまったので」

「あ、うん、ぴったりだった。

でもわざわざ誂《あつら》えてくれなくっても、レンタルで充分だったのに。僕は標準サイズだからさ」

「向こうで必要になるかも知れないでしょう？　上流階級の午餐《ごさん》会に出席するようなこともあるかもしれません。燕尾服は夜間用の礼服ですので、昼間用の礼服であるモーニング・コートも一着は持っておきませんと」

「そんなところへお呼ばれなんかしないって」

「わかりませんよ。ロスマッティ氏の交際範囲には、当然そうした上流サロンもふくまれているでしょうから」

うっ。僕はそういうところは苦手でだめですって、いまのうちにもうしあげとこう。そういうお供はご容赦ください、って。

さて、いよいよの日曜日。

僕は結婚式場に十一時到着の予定で、七時に家を出た。家からモーニングを着ていくわけには行かないんで、片手にドレスバッグ。そして、もう片手にはバイオリンケース。

八重子《やえこ》姉さんから、時間があるようなら、披露宴でお祝いに一曲弾いてやってくれって言われてるんだ。

でも、たぶん披露宴での演奏は無理だろうなァ。

十二時から挙式で、両家の親族達が三三九度のセレモニーに立ち合い、そのあと披露宴だけど、僕は披露宴が始まるころにはホテルを出てなきゃならないと思う。

名古屋の駅前のホテルなんで、移動に時間はかからないけど、一時の新幹線に乗らないと、フジミのリハに間に合わない。そうすると十二時五十分には式場を出て来なくちゃならないわけで……ああ、あわただしい。

それでもバイオリンを持っていくことにしたのは、もしどこかで時間を見つけられたなら、チエ姉のために一曲弾いて来ようと思ったからだ。

それが一番僕らしい結婚祝いじゃないかと思ってさ。

予定どおり八時半発の新幹線に乗り込んで、ここまでは順調。

新幹線には帰省のたびにお世話になってるけど、東海道新幹線に乗るのは初めてで、車窓の風景を眺めていたあいだに名古屋に着いた。

会場のホテルはほんとに駅から目と鼻の先で、玄関前とロビーには『多田野《ただの》家・守村家御結婚披露宴会場』の看板が出ていた。

う〜ん……チエ姉、ほんとに結婚するんだなァ。

新郎の名前は多田野義明《よしあき》……だったっけ。チエ姉とは中学の時の同級生だっていうけど、四月に実家で見せてもらった写真の顔には、ぜんぜん見覚えがなかった。

フロントに行って、守村家の控え室を聞いてたところで、

「もしかして悠季くんかな?」

という越後《えちご》のイントネーションでの呼びかけを受けた。

聞き覚えのない声だったけど、従兄弟《いとこ》の誰かだろうと思いながら、

「あ、はい」

と振り返った。

「初めて会うね。多田野の義明です」

なんと新郎本人だ。

「このたびはおめでとうございます」

と腰を折った。

「やんや、美人の姉さんをもろてしもて悪ーりかったね」

お国言葉でのそんな気さくなことを言ってきたので、僕も、

「いえいえ、いいかげんトウが立ってますっけ、もらってもろてよかったですこて」

と笑って返した。

僕の新しい義兄になる人は、もっさりした盛貞《もりさだ》義兄さんと比べると、はるかに都会的な風貌《ふうぼう》で、面食いのチエ姉らしい選択だ。

たしか営業関係の仕事だったと思うけど、世慣れた人懐こさがあって、つき合いやすそうな感じだった。

実家はいまは大阪だけど、義明さんは勤め先も住んでるのも名古屋なんで、挙式はここでということになった……というあたりまでが、四月に帰った時に仕入れた情報だ。

「今日は演奏会だっけ、披露宴のほうには出らんねんだって？」

「ええ、もうしわけありません。ちょうど予定がかち合ってしもて」

「忙しいてがんに、わざわざ式には飛んでくんだって、千恵子さんが自慢してたっさんさ」

「あはは、チエ姉の一世一代の大イベントらてがに、駆けつけねかったら、あとが怖いですっけねー」

「よー姉弟喧嘩《げんか》しったんてんろ」

「僕が一方的にやられてましたろも。

ところで、お支度はいいんですか？」

義明さんはまだ平服のままだ。

「俺《おれ》は花嫁みてに手間暇かかんねっけさ。でも、よろっとらろっか」

ちょうどそこへ、手をつないでバタバタとあらわれたのは、純一郎《じゅんいちろう》と浩二《こうじ》の腕白二人組だ。

はは、生意気にスーツだよ。

「あっ！　ユキ兄たんだっ！　ユチ兄ちゃんだ！」

はしゃいで駆けつけて来た二人に、

「こらこら、ここは走っちゃだめらろ」

と注意しておいて、

「ではまた後ほど」

と義明さんにあいさつを言った。

「ああ。おめさんとこの控え室は、二階の『さざんかの間』らっけ」

「はい。ありがとうございます」

「おれ部屋わかるっけ、つれてってやっさー！」

「ちゅれてってやっさー！」

「はいはい、じゃあ案内頼むよ」

浩二が手をつなぎに来たけど、あいにく両手ともふさがってるんで、腕につかまらせてやった。

「お母さん達はもう支度はできてんけ？」

「母ちゃん着物られ！　八重子おばちゃんも着物！」

「チモノ！　チモノ！」

「うんうん、わかったから大声出さねーで。ここはあちさん《よその人》もいっぱいいるんだっけね」

純一郎がちゃんと場所を覚えていた『さざんかの間』では、黒留袖《くろとめそで》の姉さん達とモーニング姿の義兄さんのほかに、主だった親戚《しんせき》達が顔をそろえていた。芙美子《ふみこ》姉さんの両脇《りょうわき》には、三歳になった桃子《ももこ》と桜子《さくらこ》が、それぞれに指をしゃぶりながらくっついている。双子の晴れ着は、おそろいのピンクのドレスだ。

芙美子姉さんと八重子姉さんに（来たよ）と目であいさつを送り、盛貞義兄さんに（来ました）と会釈を送ったところで、ドアのそばにいた新庄《しんじょう》の叔父《おじ》夫婦に捕まった。

「やーんや、悠季くんらねっか！　イタリアの生活はなじら《どうだ》ね！」

「はい、どうにかやってます」

「やんや、来れていかったねっかなァ。なまら遠けとこから飛んで来たんだすけなァ」

「千恵子姉さんの結婚式に来ねかったじゃ、あとがこーえけねェ」

「千恵ちゃんもいい人見つけて、いかったねっけェ」

「あとは八重子らな」

「八重ちゃんもだろも、悠季くんらって、よろっと考えねばねェねかて?」

「あは、僕はまだ留学からいつ帰って来れっかも決まってねっけねェ」

この叔母《おば》は見合いのセッティングが趣味の人なので、そう逃げを打っておいた。

「ユキ! あんた着替えるんろ?」

八重子姉さんが言って来て、叔父達とのおしゃべりを切り上げる口実ができた。

姉さん達のところへ行って、「みんな元気そうらねー」と笑みを作った。二か月前にも会ってるから、ひさしぶりって言うのは変だろう。

「天気がよくてよかったねェ」

「チエは昔っから天気運はいっけねェ」

「あの子は晴れ女らもんねェ」

「いま支度中ら?」

「そーいんて、もうじっきできんじゃねェろっかねェ。お式の前に二人での写真は撮ってしまうそうらっけさ」

「下で義明さんに会ったろも、まだ着替えもしねでうろうろしったよ？」

「あらら。まあ、男の人の着付けはそんげに時間はかからねろもねェ」

「チエ姉は、衣装はウェディングらー？」

「いやー、白無垢《しろむく》の文金高島田らんよ」

「私もてっきり、チエは洋装だと思ってたんだろもね」

「でもケーキカットの時はドレスになるんらと。お色直しが二回らったっけ？」

「そーいんて。振り袖着て、ウェディング着るんと」

「それじゃ、花嫁はほとんど席にいねんじゃねかて。着替え着替えで」

「なーにさァ、私の時らってそうらったねかて」

「お色直しを三回とか四回とかやる人らっているんよ？」

「ふ〜ん」

「あ、ほれ、着替え着替え。ここの隣の『つばきの間』が男の人用の更衣室らっけ」

「あ、うん」

バイオリンは……手元に持ってたほうがよさそうだな。甥《おい》っ子達にいたずらでもされたらたいへんだ。

「あ、そうそう、桐ノ院くんからお祝い預かって来たんさ。あと僕の分と。フミ姉さんに頼んどいていいかな」

「やーいや、ばーかごていねいな人らねェ」

「お返しは気を遣《す》わなくっ《ご》て《く》いいってっけ、チェ姉に言っといてやって」

「うん、わかった」

芙美子姉さんは、一万円ぐらいのご祝儀だろうと思ってる顔で言った。

モーニングに着替えて控室に戻ったところで、

「花嫁さんのお支度ができました」

という係の人の触れがあって、僕達は新婦の控え室に出来映えを見に行った。

白無垢姿の千恵子姉さんは、まるで別人みたいに綺麗《きれい》だった。

そう言ったら、

「別人ってのは何なん」

と睨《にら》んで来たところは、いつもの姉さんだったけど。

「やーいや、ばーか綺麗なお嫁さんらねェ」

芙美子姉さんがしんみりとした口調で言い、

「千恵ちゃん、綺麗らよ」

と笑った八重子姉さんも、目はうるませていた。

父さんが亡くなり、僕は東京へ出て、母さんも亡くなったあと……姉達は三人で肩を寄せ合って、守村家を守って来た。盛貞義兄さんという大黒柱はいるにしても、何やかやを三人で支えて来た部分も大きかっただろう。

僕は男なんでほどほどの姉弟仲ってところだったけど、女同士の姉さん達三人は昔っから仲がよくて、結託していじめられることなんかもあった僕としては、うらやましかったものだった。

そんな三姉妹の一人が、今日から他家の人になる……姉さん達が涙ぐんでしまうのも、よくわかる。

「なんでユキが来てん。来ねでいいって言ったねっけ」

というごあいさつなセリフを食らって、

「おめでとう、千恵子姉さん。ちゃんと花嫁に見えんねっけ」

とやり返した。

「こんげとこ来てて、演奏会はだいじょうぶなんけ?」

「来ねかったら来ねかったで、一生ブチブチ言うねっかさ。

うん、ちゃんとリハには間に合うように、スケジュール立ててるっけ。一時の新幹線で戻らんきゃなんねっけ、披露宴には出らんねろもね」

「あんたの席なんて作ってねーてば」

なんて憎たらしいことを言ったチエ姉は、さらに毒舌を吐いた。

「今日の演奏会はアマチュア・オケのらって言ってたろも、だからってナメた演奏なんかしたら、プロ失格なんらっけねっ」

「そんげことしてねェて！」

と、こっちもつい気色ばんでしまった。

ところがチエ姉ときたら、さらに……

「どーらか。気の小せあんたが、本番前にこんげとこまで来てたりする余裕があるなんて、あんたらしくねェねがて。

たいした演奏会じゃねっけとか、タカくくってっとしか思えねわ。

そんげ態度で、プロらしいちゃんとした演奏ができると思ってんけ⁉　音楽家が音楽をナメたらおしまいらんさ！」

「だっけ僕はべつに！」

とやり返しかけて、僕は、チエ姉がじつは大照れに照れてることに気がついた。

「千恵ちゃんは、ユキがドタキャンかけてくるほうに賭《か》けったたっけねェ」

というヤエ姉のセリフが裏付けた。

「来るって言ったねっけ？」

僕は、千恵子姉さんへの親愛の情が温かく胸にあふれてくるのを感じながら、この姉相手には照れくさいやさしい声にして言った。

「チエ姉にそう約束したっけ、きっつェことになんのは覚悟して時間空けて来たんらねっけ。演奏会のほうも、いまの僕に弾ける最高のチャイコンをやる意気でいるっけ、心配しんたていっけさ」

そして、義明さんも来ていたのに気がついたんで、持参して来たバイオリンケースを開けるチャンスだってことにした。

「ヤエ姉には披露宴でってリクエストもらってたんらろも、時間的に無理そうらっけ、いまプレゼントすっさ。

まだセミプロってとこらろも、一応バイオリニストって名刺は作れる身分になれた僕から、千恵子姉さんと義明さんへのお祝いの気持ちです。聴いてください」

調弦は五秒で済ませて、弾き始めた。

曲は《明日に架ける橋》。

愛し合い、信じ合い、支え合う……夫と選んだ人と、手に手を取り合って生きる人生に踏み出そうとしている姉さんに、この曲が謳《うた》っているような愛され守られ支えられる幸せが、日々降り注ぎますように。

夫と決めた人と、明日への橋を渡っていく姉さんのこれからが、この歌のような力強い愛に裏打ちされた、豊かで喜びに満ちあふれた実り多いものになりますように。

ほんとうに……心から、姉さんの幸せを祈ります。祝福します……祝福します……どうか末永く幸せに……

途中でノックの音がして、「お写真を撮りますのでスタジオのほうへ」という声も聞こえたけど、あとちょっとなんで弾き続けた。

思いを込めて弾き終えて、バイオリンを降ろして、文金高島田の鬘《かつら》が重そうな頭をうつむけている姉さんに言った。

「サイモン＆ガーファンクルの曲は、父さん達が好きだったっけさ。元気らったら、二人で披露宴で歌ったかも、なんて思ってさ、これにしたんだろも。お粗末様でした」

「ユキ……ったら！」

涙声で言ったチエ姉は、どうやらベショベショに泣いてしまってるようで、僕はいささかならずあわてた。

「や、あの、写真らと。ご、ごめん、選曲が悪かったろっかね。っていうか、タイミングを考えねかったって言うかっ」

チエ姉は高々とした鬘が重かろう首を横に振り、どうしようもない涙声を笑ってる口調に作ろうとしながら言った。

「お化粧なんて、どうでもいーわね。お化粧なんて崩れたって……ほんとに、お父さんとお母さんが来てくれて、二人で歌ってくれてる感じがした……うれしくって、泣けたんて……あんたのバイオリンは……すごいね……」

ありがと、ユキちゃん……という、つぶやくボリュームでのチェ姉の涙声を、僕は生涯忘れないだろう。

三人姉妹の末に僕という姉弟の中で、僕と一番歳の近いチェ姉は、僕と一番いがみ合った相手だった。

僕が音大に行きたいと言った時に、第一番に反対したのがチェ姉。そしてその後も、家を捨てて勝手を通してる僕には、反感しかないふうにふるまってきたチェ姉だった。

その千恵子姉さんが、僕のバイオリンに心動かされたと……感動したと言ってくれた……あぁ、これ以上にうれしい賛辞があるだろうか。

僕は姉さんに歩み寄り、もらった感激のお返しに、姉さんの両頬《りょうほお》にチュッチュッと音も高くキスを贈り……欧米流に染まる気はないとばかりの平手打ちをちょうだいした。

「痛ってねっけー」

「ばかみてなことすっけらろっ！」

「ばかみてなこと、ってのはねェねっか？　イタリア式のおめでとうらんぞ」

「あんたも私も日本人らねっか！」

でも涙は止まったろ？

「あの、お時間が押しますので」

という係の人のうながしが、ちょうどよく一幕に区切りをつけてくれた。

泣いてしまった姉さんが取り急ぎお化粧を直してもらっているあいだに、義明さんが話しかけてきた。

「やぁーっぱプロらねェ。バイオリンがあんげにいい音する楽器らっては知らねかったて」

「あは、どうも」

と頭に手をやった僕の後ろから、

「そんげお世辞言ってらんたっていいね！　その子は褒めっとすーぐ天狗《てんぐ》になるんらっけ！」

というチエ姉の突っかかりが飛んできて、二人で苦笑した。

「すなおじゃねんだ」

「知ってます」

ヒソヒソ声でのやり取りは姉さんに聞こえたらしく、鏡の中から睨《にら》まれた。

神前での三三九度の盃事《さかずきごと》は、威厳のあるいい声をした神主さんの司祭で滞りなく執り行なわれ、両家の参列者達にも親族の固めの盃が回って、めでたく終了した。

「ご一同様での記念写真をお撮りいただきますので、スタジオのほうへご移動ください」

ああ、そうか、それもあったんだっけ。

ええと何時だ？　十二時半、か。

「ユキ、時間だいじょうぶらけ？」

八重子姉さんが腕時計を見ながら心配そうに声をかけてきた。

「うん、五十分に出れば充分らっけ」

ぎりぎり五十五分でもなんとかなるだろう。あ、でも着替えてる暇がないか？ まあ、いいや。モーニングで新幹線に乗ったって、べつだん問題はない。

しかし、両家の親戚《しんせき》一同をひな壇に並べて撮る記念写真は、セッティングにかなりの時間を食ってしまい、やっと撮り終えた時にはもう五十分になってしまっていた。

「ごめん、慌ただしいろも僕はこれで」

「ああ、ご苦労さん。気いつけて帰るんよ。荷物はちゃんと全部持ったんけ？」

「バイオリンとドレスバッグで、うん、オッケ。じゃね」

「あわてねんよ、気いつけてねー！」

「うん、だいじょうぶらて！」

しかし急がないとヤバい。

ホテルの玄関を出ようとしたところで、バタバタと追ってきた草履《ぞうり》の足音の主に呼び止められた。義明さんのお母さんだった。

「あの、お荷物ですろも、これ！」

と突きつけられたのは、ぎょっとしたほど巨大な引き出物の紙袋。

「い、いただきます」

と受け取るほかはなかったそれは、見た目どおりにずっしりと重かった。

こ、こんなのを持って帰れってですかァ！

ともかく、あいさつもそこそこに駅に向かい、どうやら予定の新幹線に乗り込めたけど……指定券の席までたどり着いて荷物を降ろした時には、ドレスバッグとバイオリンケースをまとめて持ってた右手は節々が痛み、重たい引き出物袋を提げてきた左手は、指先の色が変わって痺《しび》れてるうえに、関節の腹にはくっきりと紐《ひも》の跡がついていた。

「ちょっとも－、演奏会前のバイオリニストの手なんですよ〜!?　勘弁してほしい〜〜」

東京駅から直行する市民会館までの道のりを、この大荷物を提げてこなさなきゃならないのかと思うと、泣きたくなった。

名古屋から乗った新幹線は、定刻どおりに東京駅に着き、僕はひとまずホッとした。

でも新幹線ホームから地下通路経由で乗り換えホームへ、そしてさらに私鉄へと乗り継いでの道中。僕は案の定、かさばる荷物と重たい引き出物袋の両手持ちに苦しめられた。

うーん、会場まで礼服は着たまんまにしたほうが利口だったかなァ。ドレスバッグの重さが、スーツのほうを入れてあった時のほうが、まだ軽かった気がする。

百メートルも通路を歩いたり、階段を上がったり降りたりするのは、いつもだったら何でもない、あたりまえの道のりなんだけど。大荷物というハンディのおかげで、遠いし辛《つら》いし疲れるし。でももちろん、誰も手なんか貸しちゃくれないし。

こんどから、大荷物で苦労してる人を見かけたら、小さな親切を実行することにしようなんて考えた。これってほんと辛いから。

駅からはタクシーに乗り、フジミの定演の会場である市民会館に着いたのは、もう四時半もまわった時刻だった。

あと一がんばりと、どうにか楽屋まで荷物を持ち込んで、とりあえずホッとした。

でも……ううっ、両手とも節々がこわばっちゃってる。少し休ませてマッサージでもしてからじゃないと、使い物にならなそうだぞ～。

廊下で人声がし始めて、ドヤドヤという足音が近づいてくるのが聞こえ、僕がいる男性団員用の楽屋のドアが開いた。

入って来たのは石田さんだ。

「お疲れ様です、休憩ですか？」

「やあ、守村ちゃん、いま来たとこ？」

「はい、遅くなりまして」

「お疲れさん、お疲れさん。うん、ちょうど第一部のリハ終わってね、とりあえず二十分休憩ってことになったとこ。

結婚式どうだった？」

「ええ、滞りなく無事に。姉もちゃんと花嫁に見えましたし」

「うんうん、そりゃよかった」

開けっぱなしのドアからひょいと五十嵐コン・マスが覗《のぞ》き込んできた。

「あ、よかったっす〜、着いてらしたんっすね〜」

「うん、たったいまね」

「え？　手、どうかしたんっすか？」

さすが同業者は目が早い。

「いやァ、もらった引き出物が重くってさァ。参っちゃったよ」

「あ、そっかそっか、結婚式の帰りなんっすよね。げっ、その袋っすかァ⁉」

「先方のお母さんがわざわざ追いかけて来て渡してくれたんでねェ、断わるわけにも行かなくってさ」

「うへーっ、これ超重いっすよ！」

五十嵐くんがオーバーに騒ぎ、楽屋に戻ってきていたほかの人達も、なんだなんだと手を出しに来た。

「うっわ、こりゃ十キロ近くあるんじゃねェ⁉」

「まっさか〜ァ、うっ！　いや、あるかもな、こりゃァ」

「そういえば名古屋だったっけ？　結婚式」

「はい。姉の相手が名古屋だもんで」

「名古屋っていえば、トラック一台分の嫁入り道具ってやつか？」

「うんうん、かみさんの実家が向こうなんだが、引き出物は大きくって重たいほどいいとかって言って、俺《おれ》達ん時もたしかこんなのを配ったよ。とにかく派手にやりたがる土地柄でなァ」

「へぇェ」

「僕の実家のあたりも、けっこうそういう感じですけど、でもここまではしないですね」

「守村ちゃん、まさかこれ持って駅から歩いてきたの？」

「あ、いえ。さすがにそんな根性なくって、タクシー使いました」

「これな、重さの半分はカマボコだぜ」

「え～っ⁉　ほんとっすか～ァ⁉」

「ほんとほんと。この折り箱だから、こんぐらいのでかさの鯛《たい》の格好のカマボコがデ～ンと入ってるぜ、きっと」

「あ、見たことあります。富山の親戚から送ってきたことがあって。このくらいのを」

「しょえ～っ、そんなの食べきれるんっすかァ⁉　コンと二人で三食カマボコっすよね、二、三日は」

「う～ん……あ、打ち上げの時に、切ってもらって皆さんに手伝ってもらっちゃおう。縁起物だからいいよな」

「そりゃ、結婚したがってる女性陣に配ってやるといいよ」

「花嫁のブーケの代わりに、鯛のカマボコの切り身っすかァ！」

なんて無駄話をしていたところに、圭が顔を出した。

「ああ、桐ノ院さん、着きました」

と僕のほうから声をかけた。

ええと、手のぐあいはどうかな。まだちょっと関節が痛いか。

ニギニギやって調子を見ていたら、圭に見とがめられて、僕は頭をかきかき、また引き出物の話を披露することになった。

「そんな物は車内にでも置いてこられれば……というわけにも行きませんね。姉上の祝い事の引き出物では」

「そう思って提げてきたけど、置いて来るべきだったかもしれないなァ。

ええと、もうちょっと休憩延ばしてもだいじょうぶかい？　少しマッサージでもして調子を整えるから」

「ええ。オケ諸君には自主練習をしてもらっておきます。

五十嵐くん、時間になったらそのように」

「はいっ、了解っす」

「手をかしてごらんなさい」

「え？　あは、いいよ、自分で」

「おかしなさい」

「う、うん」

　みんながいるところで、手を握られるみたいなことを許すのは、ものすごく気が引けるんだけど、圭は強引にマッサージを始めてしまいながら、石田さんに話しかけた。

「もうしわけありませんが、富士見《ふじみ》町の玉城《たまき》整骨院に電話をして、至急ここへ往診に来てくれるよう頼んでいただけますか」

「えっ、そんな」

　という僕の声と、

「えっ？　そんなに」

　と言った石田さんの声が重なり、僕はニコちゃんに譲って口を閉めた。

「よくない感じかい⁉」

「念のためです。腕や肩にも疲労が来ているでしょうから」

「あは、だいじょうぶだって」

　僕は言ったけど、圭に却下された。

「コンチェルト一曲といえば、かなりの長丁場で、しかもソリストにとっては難曲と言われるチャイコフスキーです。

そもそも、きみが途中で調子を崩したりしたら、演奏会自体が失敗するのですよ？」

「わ、わかってるよ」

責任の重さはよくわかってるから、そんなふうに脅かさないでくれと、いささか恨めしい思いで圭を見上げた。

僕と目が合うと、ポーカーフェイスの下でひそかに渋面を作っていた圭はフゥッとため息をつき、

「コンダクター命令で、姉上の結婚式への出席は取り止めていただくべきだったかもしれません」

なんてことを言い出した。

「いや、ほら、一生にいっぺんの大事なお祝い事だしさ」

とニコちゃんはフォローにまわってくれたけど、

「うん、僕もちょっと後悔してる」

と僕は答えた。

「姉さんも、僕は来ないだろうって覚悟してくれてたそうでね。アマチュア楽団の演奏会だからって、ナメてるんじゃないかって嚙《か》み付かれた」

「きみはそんなことをする人ではない」

「うん。つまり姉さんは、僕の演奏家としての立場を理解してくれてたって話でさ。その意味

では、顔なんか出さないほうが、心配させなかったかもしれないなァ、なんてね。あんなに音大行きに反対した姉さんがさ、『音楽家が音楽をナメたらおしまいらろっ』なんて僕を叱《しか》るんだぜ？　ちょっとね、ジーンと来ちゃったよ」

圭はふわっと浮かべた微笑で渋面を消して言った。

「では、行かれてよかったということですよ。そうしたらうれしいシーンがあったのでしたら、無理をされただけの甲斐《かい》はあったということで。先ほどのコメントは撤回します」

「うん。ただね、だからよけい、今夜のステージでコケたりしたら、あのチエ姉になんて言われるか。それもきっと十年や二十年は言われ続けるんだぜ」

圭はまたふわりと微笑《わら》って、

「成功すればいいのですよ」

とのたまった。

「ま、ね。それっきゃないわけで……やっぱ義理より手を優先するべきだったよなァ、バイオリニストとしてはさァ」

大反省のため息を吐き出したところへ、いつの間にか部屋から消えていたニコちゃんがドアを入って来た。

「弟先生がいて、すぐ車で来てくれるそうだけど、二、三十分はかかりそうだよねェ」

圭は僕の手のマッサージを続けながら、壁の時計を見やって計算し、

「では先に第二部のリハをやりましょう」

と決断した。

「守村さんは無理をしない程度に軽く流していただいてけっこうです。プロのステージとおなじく、最終チェックを行なうための軽い合わせだと思っていただけば」

「オッケー。なんて、そういうステージはまだ踏んでないけどね」

「コンクールでも、リハーサルは許されたと思いますが？」

「うーはいはい、あのノリね。

マッサージ、サンキュ。だいぶ血のめぐりが戻った」

「最終仕上げはプロに任せましょう」

「よかったのにさ、そんな贅沢《ぜいたく》」

「いいえ。これはすべき贅沢です。なんでも『心頭滅却すれば……』流の精神主義で片づけようとするのは、日本人の悪い癖ですよ」

「う〜ん、かなァ」

そんなこんなで僕達は本番前のリハーサルに臨んだんだけど……

いままで僕は、自分の音とオケの音を七分三分か、八分二分に聴いてやってた。

つまり自分がどういう音を出すかに意識の大半を傾注してて、オケの演奏については、合わせるのに必要な最低限の情報を把握するためっていうふうな聴き方でいたんだ。

それがたまたま、弾くのは軽く流しておいたほうがいいという事態になって、テンポだけ守ってあとはほどほどにって弾き方の分、オケの音に聴き耳の五、六割を向ける感じになったところが……驚いた。

フジミってこんなにうまいのか、と驚いたんだ。

いや、うまくなったんだ。技術的な底辺が半年前よりワンランク上がってるし、五十嵐くん以外はプロのM響さん達がやってるチェロや、バイオリンとビオラにくわわってる音大生達のフォローが、あまり上手でない人達の音をうまく包み込んで、それなりの音質を作り上げてる。

もちろん、プロのオケとは比べるべくもないけど、セミプロ程度の市民フィルの音には、かなり迫ってるんじゃないだろうか。

市民フィルの演奏会は、もう何年も聴いてないから、いまのレベルはわからないけど、僕が知ってるあちらさんのまんまだとしたら、昔ほどには遜色《そんしょく》はないはずだ。

これはもう、『二丁目楽団』なんて悪口を叩《たた》かれてた素人集団の域を抜けようとしてるオケ力だ。

すごいですよ、皆さん、ブラボーです！　よくここまで……それぞれ家族や生活を抱えながらの忙しさの中で、時間をやりくりして週三の練習に通って……下手《へた》の横好きだとか笑いながら、一生懸命がんばって……こんなふうに腕を上げて来られた。

ああ……すごいです、ほんとに……尊敬です。脱帽です。こんなみなさんと共演できるなんて、光栄です。本番が楽しみ……。

と考えて、僕はにわかに心配になった。

こんなふうに腕を上げてきてしまったみなさんに、「さすが守村さん」と納得してもらえるような、確実に一歩は水をあけたソロが、いまの僕に可能だろうか、と。

何よりも『演奏』を最優先にするべき音楽家にあるまじく、世俗的な義理意識に足を引っ張られて、本番直前の大事な両手に重たい荷物などという負荷を与えてしまい……それでなくても、まだまだ万全とは言いようがないチャイコンを、「いまの僕にできる精いっぱいの演奏」っていう言いわけで通してしまうしかないってところなのに、その『精いっぱい』さえやれるかどうかって悪条件を、自分でつけ加えてしまって！

ああっ、馬鹿だ、馬鹿だ！　僕は馬鹿だ、大馬鹿野郎だっ！

いったい何をやってるんだ、守村悠季!?

ああ～っ……姉さんに言われたとおりかもしれない。僕は心のどこかでフジミをナメてて、「どうせフジミの定演だから」なんていうタカをくくる気持ちがどっかにあって、それで判断を間違ってしまったのかも……！

あ～～～も～～～～っ……すいません、ごめんなさいっ！　僕はみなさんを見くびってしまってたみたいで、無意識にそんな僭越《せんえつ》な気持ちを持ってしまってたみたいで、大反省ですっ！

本番では、『いまの僕の最高』を出せるように誠心誠意やりますので。絶対に何が何でも、『僕の精いっぱい』でみなさんのがんばりにお応《こた》えしますから！　どうかどうか、みなさんの努力とその成果をお見逸《みそ》れしていたなんていう、お恥ずかしいの一語に尽きる僕の高慢ちきが、みなさんにバレませんように……！

音大出のうえにコンクール入賞者でもある僕には、アマチュアであるみなさんとは二歩も三歩も水をあけた演奏をしてみせる義務がある。

「ソロは守村ちゃんに頼んでいいよね」と言ってもらった信頼と期待に応えるのは、僕の絶対的な義務だ。何が何でも踏ん張って、『いまの僕の精いっぱい』と言えるレベルの本番を実現しなくてはならない。

いや、してみせる！

通しを終えて、退場のセレモニーをやって、圭と連れ立って舞台の袖《そで》に引っ込んだところで、圭が深刻な口調で言ってきた。

「かなりよくない状態のようですね」

「え？」

「玉城氏の応急手当が効果を発揮してくれるといいのですが」

圭ははっきりと顔を曇らせていて、僕はますます自信を失った。

「そんなにひどかったかい？　楽譜どおりってレベルで軽く流しただけのつもりだったんだけ

ど、全然音が出てなかったとか？」

「あ、いえ、そうではありません。ただ、ひどく苦しそうに見えましたので」

「そう？」

「ええ。痛みが出ているのかと」

「あ、それは心の痛みってやつだ」

「心の？」

圭が聞き返してきたところで、ステージから五十嵐コン・マスの声が聞こえてきた。

「えーとではァ、十分休憩してェ、やるかやらないかは風向きしだいのアンコール曲をリハしま〜す」

だそうだ。

僕は、

「うん、心の痛み」

とうなずいて話を戻し、いまのリハで気づいたことを打ち明けた。

「オケがすごくよくなってて、それってみんながすごくがんばってきたっていうことだろ？手抜きして弾いたおかげで、みんなの音がちゃんと聴けて、それに気がついてさ。僕は何をやってるんだ、って落ち込んでたわけ。

姉さんにやっつけられたとおり、考えも覚悟も甘かったんだなァって。

だから本番はしっかりやろうって、あらためて自分の尻《しり》に蹴《け》りを入れてたんだよ」

「ああ、そういうことでしたら」

圭は安心したという顔をし、それから、

「きみが本気で実力を発揮して来られるなら、よほどがんばりませんと、オケは粉砕されますね」

なんて苦笑した。

「三楽章のラストだろ？　テンポは呑《の》み込んでるから、その範囲内での全力疾走に収めるよ」

「ええ」

こちらが走り過ぎると、ついて来られる人と来られない人とでオケが空中分解する。

僕も圭も、『問題』が起きるとすればそこだけだと考えていた。それが、ステージという水物をよく知らないゆえの、浅い判断だとは気づかずに……

「ええと、アンコール曲は《アイネ・クライネ》の一楽章だったよね」

第六プルトに僕の椅子《いす》を入れなくちゃならないんで、ステージに戻りかけたら、

「きみはリハーサルよりも治療です」

と睨《にら》まれた。

「もう玉城先生は来られてるのかな」

「そのはずです。探してきましょう」

「あっ、いいよ！　きみはアンコール曲のリハがあるだろ？　僕のことは僕がするから」

そこへニコちゃんがやって来て、玉城先生は指揮者用の楽屋で待っていると教えてくれた。

「あそこなら長椅子があるからね。守村ちゃんの荷物もあっちへ運んどいたから」

気配りどうもです、ニコちゃん。


久々に会った玉城先生は、急に往診を頼んだ理由を聞くと、例の引き出物袋を持ち上げてみて、体育会系らしいガッハッハという笑い方をし、

「バイオリンより重いもんは持ったことがない手には、過重負担だったろうよ」

とからかってくれたが、慎重に診察して、念入りなマッサージを施してくれた。

「前からの凝りもたまってたみたいだが、どうだい？　腕も肩も軽くなったろう」

「はい。ありがとうございました」

僕がこの人のところへ行かなくなったのは、ナニのたまり過ぎがストレスになってるからと、犯罪行為として訴えてもいいような『治療』をやってくれたせいなんだけど、腕がいいのはたしかだ。

……あの時のことは、この人としては、セクハラなんて意図は全然なかったんだし。もう、こだわりは捨てるべきかな。

リハを終えて治療のようすを見にきていた圭が、ぐあいはどうかと聞いてきた。

「うん、指先の感触もオッケーだし、動かしぐあいも油を差した感じになめらかだし。おかげさまで手や肩のコンディションは絶好調になったよ」

「そうですか。それはよかった」

ベッド代わりにした長椅子から起き上がって、メガネをかけ、まず目をやったのは壁の時計。わあ、もう六時二十分だ。着るのはステージ衣装のほうにしよう。

「失礼して着替えさせていただきます」

と断わって、圭に持ってきてもらったほうのドレスバッグを開けに行った僕に、玉城先生が言った。

「イタリアに留学中なんだよな？」

「はい」

「今回は、いつまでこっちにいるんだい？」

「火曜日には向こうへ帰ります」

ドレスシャツを出して、クリーニング屋のタッグを取って、袖を通した。

「そうかァ……うちへ寄る暇はねェかな」

玉城先生が考え込む顔をしながら言い出したのは、

「最近、頭痛がしてないか？」

という、ちょっとドキッとなった指摘だった。

「あー最近って言うか……二週間、ぐらい前ですかね、偏頭痛はありましたけど」

シャツのボタンを掛けながら答えた僕に、玉城先生は（そうだろ、そうだろ）というふうにうなずいた。

「その時、医者へは？」

失礼、ズボン替えます。

「内科の先生に診ていただいて、鎮痛剤を処方してもらいましたけど、二、三日で治ったんで、べつに検査とかは」

脱いで穿《は》こうとして気がついた。おっとっと、サスペンダーを先に付けとかないと。シャツと靴下だけの格好ってのは気恥ずかしいものがあるんで、大急ぎでサスペンダーをセットした。

「検査っていうと？」

「鎮痛剤が効かなかったり、症状が続くようなら、脳の検査を受けろって言われたんですけど。あー、腫瘍《しゅよう》とかの心配をされたみたいで」

「首だよ」

と先生は言った。

「頸椎《けいつい》の五番目あたりにトラブルが出始めてる」

「え……」

まだズボン穿きの最中だったけど、思わず首の後ろを触ってみた。

「触診じゃ(怪しいかな)って程度の感じだったんだが、頭痛が出たんだったら間違いないだろう。レントゲンを撮ってみりゃはっきりするがな。

バイオリニストの職業病として、背骨や頸椎に歪《ゆが》みが出るそうだが、そいつだろう」

「はあ……」

そうかァ、首かァ。僕はてっきり、ごぶさたばっかりしている欲求不満のせいかと思ってたけど。はは、なんだ、首かァ。

そんなことを考えながらズボンを引っぱり上げ、サスペンダーに肩を通して、靴を履いた。

やれやれ、これで落ち着ける。

「頸椎の椎間板《ついかんばん》変性症ってあたりじゃねェかと思うが、このまま放っておくと、百パーセント確実に悪化するぞ」

ズボンの中でシャツの裾《すそ》ぐあいを直しながら、

「あ……はい」

とうなずいた。すみません、ながら聞きで失礼しました。

「根本治療ってのは無理だから、いまの状態からできるだけ悪化させないようにするしかない。

理想を言えば、毎週一回ぐらいのペースで、専門家のマッサージ治療を受けてくのがベストなんだが」

「はあ」

「その顔じゃ無理らしいな」

「あ、いえ。ローマに専門の先生がいるだろうかと思って」

というのは嘘《うそ》。僕が考えてたのは（そんな金は……）って経済問題。

「俺《おれ》も向こうにはツテがないからなァ。アメリカには何人か知り合いがいるんだが」

「へえ」

「スポーツ医療は向こうのほうがよっぽど進んでるからな、二年ばかり研修に行ったんだよ。一番の先進地はドイツと東欧なんだが」

「そうなんですか」

「まあ、俺のほうでも誰かいないか探してみるが、第一には、あんたが治療の必要性を理解することだ。

明日、時間を作れないか？　忙しいなら夜でもかまわん」

「あー……そうですねェ……」

頭痛がしたといってもあの時だけで、頸椎が歪んでると言われてもピンと来てなかった僕は、せっかくのオフの日を医者行きで潰《つぶ》すなんて、はっきり言ってまったく気乗りがしなかったんだけど。

「いまは頭痛ぐらいで済んでいても、先々症状が進むと、最悪の場合はマヒが出る恐れがあるぞ。もしもそうなったら、一か八かの手術をするぐらいしか手がなくなる。まだたいしたことはないが、時限爆弾を抱えたんだって自覚はしといたほうがいい」

なんて言われては、まじめに考える気分にならざるを得ない。

「……わかりました。明日中にうかがうようにします」

と返事した。

もっとも、話は圭も一部始終を聞いていたから、たぶんその場でウンと言わなくても、あとでは言わされてたんじゃないかと思うけど。

「ところで、お時間がおありでしたら、お席を用意しますけど」

そう誘ってみた僕に、玉城先生はポリポリと顎《あご》をかき、

「俺は昔っからサザンとチューブで、クラシックなんて聴いたことねェんだが……そうだな、診療の参考になるだろうから、おたくの演奏ぶりを見せてもらって帰ろうか」

とうなずいた。

ええと？　あと五分で開場か。

「全席自由ですので、お好きな席にお入りになられていてけっこうですので。

あの、開演時間までこちらでお待ちいただいてもかまいませんが」

「いや、退散するよ。本番前にはいろいろ準備があるんだろ？」

立ち上がった先生に、圭が言った。

「守村さんを一番近くで観察できる場所というと、舞台に向かって左寄りのあたりです」

「ああ、わかった」

じゃなと手を上げて、玉城先生は楽屋を出ていった。

フゥッと、何とはないため息が出た。

「首かァ……そういえば、指揮者だと、むちうち症になる人が多いよねェ。岩城《いわき》さんも小澤《おざわ》さんもやったんじゃなかったっけ？　きみはだいじょうぶかい？」

そんなことを言ってみたのは、僕に関しては世間の過保護な母親以上に心配性な圭に、あれこれくだくだしく杞憂《きゆう》されたくなかったからだ。

そして圭は、

「僕の心配よりも、かつ将来的な健康上の心配事よりも、着替えの仕上げと本番準備をどうぞ」

と返してきた。

「うん、きみもね。そろそろ六時半だよ」

と壁の時計を目で指してやった。

カフスボタンを嵌《は》めてボータイを着けてベストを着込んで、髪を梳《と》かして、とりあえず身支度ＯＫ。

次はバイオリンのお支度だ。

本番中に切れるなんてアクシデントが起きないように、弦の状態を点検し、調弦をやって、ウォーミングアップのための音階練習を軽くやって。

うん、指のまわりぐあいはほんとにいいし、弓手《ゆんで》の調子も万全だ。けど……

「乾燥剤は入れてあったんだけど、やっぱり音が湿って来ちゃってるなァ。ねえ、圭？」

意見を求めて振り返った圭は、ベートーベンみたいなむずかしい顔をして、ベストのボタン止めに取っ組んでいた。

「あはっ、してあげようか？」

「いえ、もうここだけですから……ええ、できました」

「カフス、まだだね。かして」

「すみません。……ありがとう」

「どういたしまして。タイは？　あ、あった。顎上げて……オッケ。うん、いい男だよ」

「キスしてもいいですか？」

「うふ、『人』の字を飲む代わり？」

「ええ。僕がアガらないために」

「嘘《うそ》ばっかり」

言ってやりながら、夜の正装にビシッと身を固めた、僕の誇りであり最愛のパートナーである美丈夫の肩に手をかけて、目を閉じた。

キスはやさしく僕の唇に舞い降りてきて、離れがたいふうにそこにとどまり、僕は笑って二枚合わせのドアをひらいて、彼の訪《おとな》いを受け入れた。

あ……だめだよ、そんな深いキスしちゃ……《軽騎兵》も《アルルの女》も頭から飛んじゃう……

「ごちそう様でした」

というバリトンのささやきに、

「……やり過ぎ」

と返してやった抗議のぼやきは、とろとろの甘ったれ口調になってしまって赤面した。

「さ、さてっと、いま何分？　わおっ、五十分だよ！　もうステージに出なくっちゃ！　みんなそろってるかなっ」

楽屋を飛び出そうとしてドアを開けたら、危なく五十嵐くんの顔面に直撃を食らわせるところだった。

「わあっ！　ごめんごめん！　当たらなかった⁉」

「だ、だいじょぶっす」

と返してきた五十嵐くんは、今年は燕尾《えんび》服《ふく》での正装だ。

「ほんとに⁉　ごめんね、時間になっちゃって、あわててたもんでさ」

「いやマジで、なんともないっすから。ええと、あの、コンは？」

「うん、スタンバイできてるよ。あ、なんか話ある？　じゃあ僕は先に行ってるから。

燕尾服、似合ってるよ」

「あは、どもっす」

ええと……あと八分か。

タカタカと舞台裏を急いで、みなさん正装姿の第一バイオリンの最後尾の席に腰を下ろした。

座ったとたんに、プルトを分け合う橘さんがヒソヒソ声で聞いてきた。

「あの、手のぐあい、どうですか？」

「え？　あは、もう話がまわってた？」

「黄金の指なんですから、大事にしていただかないと困ります」

「ぶふっ、買いかぶり過ぎだよ。エミリオ先生の手ならともかく」

「きゃ〜っ」

「え？」

「守村さんでも、『ぶふっ』なんておっしゃるんですね」

「え〜？　べつに言うよォ？　アチャ〜とかゲゲッとかも」

「し、信じらんな〜い！」

「そう？　桐ノ院くんはいっつも四角四面のデスマスだけど、僕はべつに御曹司《おんぞうし》じゃないし、実家に帰ればバリバリの田舎弁だよ？　『なまら、すんげねっけ～』とかね」

「え～っ!?　うっそ～！」

「ほんとほんと」

五十嵐くんが上手口からステージに入って来て、石田さんや飯田さんや各パートのリーダーさん達に何か伝達した。

リーダーさん達はそれをパートの人達に伝えていき、第一バイオリンを前から後ろへと渡ってきた伝言は、

「守村さんはオッケー、ですって」

僕らの前のプルトの広田《ひろた》さんは、振り向きながらそう言ってから、「あら」と口を押さえた。

「はい、もうオッケーです」

と僕は笑ってみせた。

「ご心配かけちゃってすいません」

「ええ、リハーサルの時、つらそうだったから。本番はだいじょうぶかしらって」

「ああ、それで五十嵐くんが、桐ノ院さんのところへ聞きに来たんですね。すいません、もう万全ですから」

「よかったわ。これで安心して本番を楽しめます」

「ふふ、そうですよね。せっかくのお客さん付きのステージですから、楽しみましょう」

そこへ、ビーッと開演五分前のベルが鳴り渡り、僕はおしゃべりに興じてる場合なんかじゃないのを思い出した。

いけない、いけない。調弦の最終チェックをしとかなくちゃ。

でもって耳を凝らしての作業中に、ふと思いついた。

……なんか、今日の僕って変じゃないか？　そして、考えた。

うん……変かもしれない。だって、本番の開演前だっていうのに、やたらとリラックスしてる。そう……長年苦しめられてきたアガリ症の気配もない。こんな僕って、変だぞ。もしかして、躁鬱《そううつ》症の『躁』状態になっちゃってるとか？

……でもまあ、鬱のドロドロよりはマシかな。うん……胃に来ないだけでも、ありがたいってことで。ま、いいとしちゃおう。

チェロ席で、緊張しまくってる顔でチラチラ腕時計ばっかり見てた五十嵐コン・マスが立ち上がり、貝塚さんのオーボエのリードで音合わせが始まって……いよいよだ。

まだお客達が次々と入って来ている、どうやら最終的には満席になりそうな客席を何となく見渡していて、ギョッとした。

センターの十列目あたりの席にいらっしゃるの、福山先生か!?　う、うん、福山先生だよ！

うっわ～、聴きに来てくださったんだァ。こりゃァ、やたらな演奏やったらあとが怖いぞ～っ。

にわかに心臓がドキドキし始めて、僕は、ソロでの出番が第二部でよかったと心底感謝した。たとえ四、五十分の違いでも、その違いになんの意味もなくっても、僕にとっては貴重な執行猶予だ……

やがて客席が暗くなり、

《本日はご来場ありがとうございました。ただいまより『富士見市民交響楽団』第十二回定期演奏会を開演いたします》

というアナウンスと、演奏曲目&指揮者の紹介が入って、下手の袖《そで》から、圭が登場してきた。

圭は、拍手の中を指揮台のところへと堂々と歩いていき、会釈、そして登壇。

タクトを構える前に、

「張り切っていきましょう」

と言ったのは、団員みんなへの言葉でもあるし、《軽騎兵序曲》の冒頭のファンファーレを吹く、トランペット三人娘さんとホルンの三おじさんへのハッパかけでもある。

そして団員さん達はやる気満々のうなずきを返し、圭がタクトを上げた。

スタンバイ……GO!

元気なトランペットと生きのいいホルンが息を合わせた、若々しいファンファーレが、血気盛んな《軽騎兵》のイメージを会場いっぱいに告げ知らせ、始まった。

勇む若駒を手練《しゅれん》の手綱さばきで御して、堂々の隊伍《たいご》を組んで行進してくる軽騎兵達。彼らの華やかな勇姿は自信に満ち溢《あふ》れ、女達のあこがれを惹《ひ》き寄せる……

ちなみに軽騎兵っていうのは、中世の騎士道物語に出てくるような、全身を鉄の鎧兜《よろいかぶと》で包んだ『重騎兵』とでも言うべき騎馬武者と比べて、軽武装でのスピードを生かした戦いぶりをメリットとした騎馬兵のことだ。

だが雄々しく溌剌《はつらつ》とした彼らも、戦場では万能ではない。曲の中盤、戦いの中で倒れた戦友達の死を悼むフレーズが、チェロの旋律であらわれる。

だがそれもやがて凱旋《がいせん》の華やぎにかき消され、軽騎兵達の勇ましい印象だけが残る。

曲が終わったと同時に拍手が来て、圭はタクトを降ろすと、くるりとかかとで回れ右して答礼を返した。まるで軽騎兵の指揮官みたいな、きりっとした動作で。

あ……もしかしてきみって、そういうふうに曲の中に入るのかな？　あは、なんか新発見。

ついでに、客席には若い女性達が多いみたいなのも発見した。たぶん圭のファン達だ。

二曲目は《アルルの女》第一組曲の《前奏曲》で、終わったと同時にパラパラと来た一部のお客さんからの拍手を、圭は無視した。

あは、ごめんなさい。この場合は楽章の切れ目と考えていただいて、終曲の《カリヨン》まで終わったところで拍手をいただいたほうがいいんですよね。

もちろん、すっごくブラボーな演奏だった場合は、途中での賛辞ってのもありなんですけど。

圭は、それは大げさだって思ったらしいんで。すいません。

二曲目以降はミス拍手（?）はなく、四曲を演《や》り終えたところで来た拍手は充分に盛大で、圭はそれをスタンダップさせた楽員達に受け取らせ、スマートな退場で第一部を終えた。

《ここで十五分間の休憩をいただきます》

というアナウンスの声を耳に、僕はプルトの相手の橘さんに「どうも」とあいさつして席を立った。

「ソロ、がんばってくださいっ」

という励ましに、

「そのつもりだけど、コケたらごめんね」

とおどけて、楽屋に向かった。

口の中が渇いていて、胃が落ち着かない。水が飲みたい。ああ、なんか、いつもの本番前の調子に戻ったな。うれしくないけど。

楽屋には先に戻ってきていた圭がいて、備えつけのお茶セットでティーバッグの煎茶《せんちゃ》をいれてくれていた。

「福山先生がいらしてるんだよ。センターのど真ん中で睨《にら》んでらしてさ。チャイコン、めちゃくちゃアガっちゃうかも」

なんてボヤキを言った。

「その隣にいたのが南郷師です」

という思いがけない返事が返ってきた。

「え?」

と見やった僕に、圭は苦笑を向けてきた。

「振り始めてしまえば集中できましたが、どうにも落ち着かない気分で。これがアガるという心持ちなのでしょうか」

「ええっ!?」

きみでもアガったりするのか!? って驚きと、圭が恩師と認める南郷先生への好奇心との、どっちを先に口にすべきか一瞬迷って、

「右隣? 左?」

という、当たり障りが少なそうな問いを選んだ。

「あー……右、ですね。ええ、右隣の人物です」

「って言われても、どんな人だったかわかんないや。福山先生がいらしてるのは目に入ったんだけど」

「きみと福山氏の関係のような、絶対服従的なきびしい薫陶を受けた師というわけではないのですがね。何と言いますか……」

「失敗できないってプレッシャーを感じる?」

「あー……失敗したくないという気持ちが、プレッシャーに働いているのでしょうか」

圭はいつもどおりのポーカーフェイスで、でもいつもどおりに落ち着き払ったふうなバリトンでの口調には、おそらく僕にしか打ち明けない動揺がありありとあらわれていて、僕は（うわ〜〜）と思った。

「だいじょうぶだよ、天からもらってる才能を信じろって」

言ってやった僕は、圭が本番前に弱音を吐くなんていう、いままでにはなかった場面にちょっと面食らってしまっていて、でも、だったら（僕がしっかりしなきゃ！）だ。

うん、そうさ、圭だって人間なんだから、思いがけない恩師のご来場に、ついアガっちゃうなんてこともあるわけでさ。

いままでだったら強がりで隠して、気ぶりにも見せなかっただろう面を、こうやって打ち明けてくれるようになったのは、僕らの関係の進歩ってことで。

あ……いや、前にもあったか。マエストロ・ボッへの急な代振りが入った時、圭は僕に助けを求めてきて……でも僕は、きみの問題だろ、みたいな言い方で手助けを拒んだ。

あの時は、圭は一人で切り抜けなくちゃいけないと思ったから。

でも今回は、演奏の成功不成功は、『僕ら二人』の問題だ。控えてるのは、僕と圭のリードでやるコンチェルトなんだから。

そこで僕は、圭の肩をたたいて言ってやった。

「あのね、このチャイコンについて、僕は福山先生から、『絶対にきみのオケに食われるな』

って命令されてるんだ。『主役はおまえだぞ』ってね。

だから、きみがアガってガチガチっていうのは、僕にはラッキーかも。ふだんのきみだったら、僕なんか歯が立たないだろうけどさ。きみが不調なら、うまくすると僕でもリードできちゃうかもしれないからね」

圭は小さく苦笑することで、僕のひねったハッパ掛けを理解した旨を示して見せた。

「あ、七分前。行こう」

「はい、悠季」

「うんうん、ついといで、なァんちゃって。ははっ、そういえば、いまはまだ僕のほうが年上だな」

「ついて行きますよ。愛するきみとのコンチェルトに関しては、僕は引き立て役に徹しますので」

「うん、よろしくね」

圭の顎《あご》の横にチュッとキスしてやったのは、ちょっとしたイタズラ心。

先に立って楽屋を出て、ステージ裏に向かいながら、(でっかいこと言っちゃったけど、いざとなったら不安でブルブルしちゃうかもなァ)なんて心配になったけど、舞台袖の控え場所に着いて客席のざわめきが耳に入ってきても、アガリ症の発作は起きなかった。

圭の調子がよくないなら僕がしっかりしなきゃ、っていう緊張感のおかげかもしれないし、ああは言っても本番をしくじるような圭じゃないっていう根底的な信頼感が、無意識のレベルで僕を支えてくれていたのかもしれない。

ともかく僕は、それなりにドキドキはしているけど、いつになく落ち着いてもいるような気分で最終の調弦にかかり、開演五分前のブザーが鳴り終えるのを待って始まったオケの音合わせのピッチが、少し高めになっているのに苦笑しながら、僕のバイオリンの微調整をやり直し、出を待った。

うん、ソロの音もオケの音もイマ三ぐらいの僕らだけど、心を縒《よ》り合わせて一つの曲を演じるっていう点では、満点をたたき出せるようにやってみよう。

圭との共演は二回目になるけど、あれからの一年半で、僕は大学での四年間以上に実の詰まった音楽的な経験をし、圭との関係についても、より深いおたがいへの理解を手に入れてる。だから、あの《メン・コン》をやった時よりもいまのほうが、もっといいコンビとして奏《や》れるはずだ。あの頃よりも進化した協奏曲を、聴衆の耳に送り届けられるはずなんだ。うん、がんばろう！

……あとから思えば、失敗を心配する気持ち以上に、成功を期するファイティングスピリットが燃え上がった状態で本番に臨んだのは、この時が初めてだった。

「二分前です」

という係の人の声に、うなずきで応《こた》えて、ふと思った。

エミリオ先生の、うれしそうな顔で堂々と出て行く登場の仕方は、真似っこできるかもしれないな、と。

そして、(やってみよう)と決めた。

僕は僕で、僕以上の演奏はできないけど、どうせ(いまはここまで)って開き直るんなら、広田さんが言ってたように、お客さんの前で演奏できるチャンスを『楽しんじゃう』ぐらいの気持ちで行ったほうが、正解じゃないかな。

うん、そうだよ。姉さんが心配してたみたいな『どうせフジミだから』じゃなく、『フジミの定演だからこそ』みんなと音楽することを楽しむんだ、ってスタンスでやるんだ。

よしっ、それで行くぞ。

「時間です」

の声が聞こえて客席の照明がすうっと暗くなり、第二部の曲目を紹介するアナウンスが流れ、

《バイオリン・ソロは守村悠季さんです》

という紹介を聞き取って、ステージに踏み出した。

歩幅は大きく、背筋を伸ばして、堂々と……うれしそうに張り切って！

立ち位置に着いたところで、ソリストへの期待の拍手に応えて、礼。

そして、圭の登場だ。

圭への拍手が僕へのそれより五割増しなのは、『お世辞』と『待ってました！』の差という

ことで、まったくもって納得。

でも、桐ノ院圭ファンのお嬢様方、ごめんなさい。この八等身ノッポの世界的ハンサム男は、僕の恋人です。この世に存在する六十億余の人間の中で、『僕』が一番好きだと言ってくれてる、僕の恋人なんですよね。

圭が、さっとタクトを構えた。釣られてバイオリンを構えそうになって、（あはっ）と胸の中で苦笑した。

落ち着けよ、出だしはオケでの序奏だ。

タタ～タラララ、ティ～ララリララ……オッケー、緊迫感があるいい盛り上がり方だ……まだ……まだまだ……あわてるな。

よし、バイオリンを肩にのせて、顎《あご》ではさんで、ぐあいは……オッケ。弓を構えて……四……三……二……一……！

トゥラ～タララララトゥラララティラリラ……

慎重になり過ぎると『小手調べ』に聴こえない、独奏でのアインガングを、ほぼ思いどおりに弾き終えて、前置装飾音付きのトゥラッタ～タラリラという出だしが官能的な第一テーマの呈示部に入り、オケと一緒に最初のフォルテまで盛り上げるクレシェンドは気持ちよく行けて、僕はみんなの調子はＯＫだという感触を持った。

圭と、十分の一瞬ほどのアイサインを取り交わしたのは、無意識。

だいじょうぶだ、圭も落ち着いている。

僕は安心して、全面的に信頼できる圭が振るオケをバックに、この名コンチェルトのソロを存分に奏でられる、幸運で幸福なバイオリニストとしての時間にダイブした。

いま持っている最上の音で、いまの僕にできる最高のチャイコフスキーを差し出すために、一方の耳はオケの演奏に預けながら、僕の歌心のすべてを僕のバイオリンへと注ぎ込むことに没頭し、僕の両手が歌わせるバイオリンの音色と伴奏のオケとが、寄り添いせめぎ合い、ぶつかり合っては解放に至る曲の流れに、何度も（あ、イイ）と感じ……

二百二十一小節目からの僕だけの長い独奏のところは、僕としてはかなり思いきって、歌いたいように歌ってしまった。

練習してた時よりずっと乗った感じで、もしかすると歌い過ぎちゃったのかもしれないけど、でも僕はそうやりたかったんだ。

そしてオケは、きっちりついて来てくれた。練習の時よりもタメを多くしたり、リズムを多少揺さぶったりしたにも関わらず、タメには合わせ、動じないでいいところは動じないリズムを刻み、まさに僕のソロを引き立てる演奏で支えてくれている。

もちろん、圭がそう振ってくれているからだ。タクトを見ろという桐ノ院憲法が浸透したフジミは、ちょっとしたリズムの伸縮といった微妙な指示にも、正確に従えるだけの訓練ができていて、圭の振りどおりに僕のソロに合わせてくれているからだ。

それは磐石《ばんじゃく》の安心感ではあったけど、ソロが長休符に入ってた時に、ふと（これってもしや、お釈迦《しゃか》様の手の上の孫悟空《そんごくう》じゃ……）と思いついた。

僕は僕の感性でやってるつもりだけど、圭の合わせてくるぐあいは、あまりにも完璧《かんぺき》で……それって、僕は知らず知らずに、圭の手の上にのせられちゃってるってことか？

僕は、圭流の音楽宇宙の中に上手に取り込まれちゃってて、自由に飛びまわっているつもりになってるだけ？

だとしたら、それってつまり、食われちゃってるってことだぞ。それもパックリ丸呑《まるの》みにされちゃってるってことだ。

くっそー、そうはさせないぞ。きみがどれほどの天才でも、この曲の主役は僕なんだ。『僕のチャイコン』でやるんだからな！

第一楽章が終わったところで、わっと拍手が来た。

それは演奏へのお褒めないし激励に違いなかったけど、僕はちょっとムッとした。曲の途中で、曲に対して張り詰めさせている意識を別のほうへ逸《そ》らさせられるっていうのは、演奏する側から言わせてもらえば、迷惑だ。

でもエミリオ先生は、こういう場面でもうれしげに答礼をしておみせになるのを思い出して、愛想顔《あいそがお》を作り、頭を下げた。

圭も同じようにしていたのは、僕に合わせてくれたんだろう。《アル女》の時には教育的無視をやったんだから。

でも愛想顔を作ってみたら、満更でもないような気分になったんで、僕はその気分を、続きへのやる気に取り込むことにした。

さいわい、拍手はワッと来てスッと止み、本格的に集中が破られてしまう前に、演奏モードに戻ることができた。

第二楽章も、十二小節分の管での序奏があって、十三小節目の三拍目でソロが入り、ソロの二拍目からバイオリンとビオラが通奏低音的な和音を合わせてくる。

第一テーマの甘くせつないふうな叙情的な旋律は、少年の頃《ころ》のかなわなかった初恋をふと思い出した時の、痛みはすでに遠く悲しみさえなつかしい心情……あるいは、きみと出会えないまま孤独の中で身をかこっている僕を想像する時の、メランコリーな戦慄《せんりつ》……

そう……きみと出会うまで、僕は孤独だった。夢には挫折《ざせつ》し、心をひらける相手もなく、自分から現実に働きかけて状況を変えていくような覇気《はき》もなく、ただしょんぼりと日々を生きていた。

自分では前向きでいるつもりで、じつは、フジミの人達とのつき合いがあったから、かろうじて救われていたような……消極的で憂鬱《ゆううつ》な生き方に知らず知らずにはまり込んでしまっていたのが、あの頃の僕だった。

そんな僕の人生を、いきなり舞い降りてきたきみが変えたんだ。

きみとの出会いが、ほんとうの意味で前向きに歩き出すエポックになった。

そして僕は、きみと出会う前の僕にとっては、天空にもひとしい遥《はる》かさだった、今いるこの世界に……プロの端くれとしてチャイコンのソロを弾いてる『今』にいる。

それも、この名曲をワクワクしながら弾いてるなんていう、昔の僕には考えられなかった心持ちでもって。

そう……学生時代にレッスンとして絞られた時のチャイコンは、苦しく辛《つら》い難課題でしかなかった。止まらず外さず、最後まで譜面どおりに弾けるかどうかしか頭になくて、曲の美しさなんて感じてる余裕はなく、とにかく無事に弾き終えて、早くクリアしたいって思いばっかりで。

チャイコフスキーさんは、こんなにきれいなメロディーをちりばめてくれてるのに……この二楽章は、こんなにロマンチックな情感で溢《あふ》れてるのに、あの頃はぜんぜん受け取れてなかったよなァ……

でも、いまはわかる。チャイコフスキーっていう人の、あのいかめしい顔つきの裏には、少女みたいなロマンチストの面があったこと。その繊細な感性が生み出した旋律の美しさは、こんなにも僕の心に寄り添い、うっとりしてしまうほど魅了する。

ああ……好きだなァ……

ねえ、圭？　チャイコフスキーって、いいよねェ……ほら、すごく素敵だよねェ！

あとはオケに託したところで、チラッと目をやった圭は、いつもの澄ましたポーカーフェイスでタクトを振ってた。

まるで、この曲がチャイコフスキーだろうがブラームスだろうが、指揮者として理路整然と振るだけだ、ってふうな感じで。

……ふーん、そう。あ、そう。ふ〜〜ん！

はいはい、きみを共感させられるようなソロにできない僕がいけないんですよ。まだまだ力不足ですよ、たしかにさ！　でもね、チャイコフスキーはいいんだよ。それをそんな、面白くもなんともないみたいな顔で振るなよなっ。

ダンダカダッタターターターターター……という、第三楽章の入りの気持ちよく緊迫したオケパートのフォルテシモを、がっちりと腰を据えたフォルテで受けて立ち、緩急自在な弓技の聴かせどころを渾身《こんしん》のテクニックで駆け抜けて……思い入れたっぷりに弾くべき部分は、遠慮なく存分に歌い……

早弾きのテクニックを試される緊迫したフレーズと、情緒豊かな歌い上げが要求されるフレーズとが交互に混じり合う、この曲独自の絶妙なバランスを、僕のバイオリンと圭のオケとで次々と実現していく場面を、僕は、(そのポーカーフェイスを崩してやりたいぞ）っていう、ちょっとばっかり意地悪な気分で弾き進んだ。

思い入れたっぷりに弾くべきフレーズは、武骨で無愛想な美男のコサック兵を誘惑したい、おきゃんな村娘になった気分で、しなだれかかるみたいに甘く甘〜く歌ってみたりして……さ。

でも次の瞬間には、お嬢さんはヒラリとスカートをひらめかせて、踊りの輪に戻ってしまうんだ。意味深に笑ってみせながらね。

きみは僕のチャイコについて来るって言ったんだからな、ちゃーんとぴったりに来てくれなくちゃだめだぞ。もちろん、あくまでも冷静な棒振りとしてね、ふふん。

そして圭は、僕の揺さぶりには動じずに、要所要所はぴしっとキメる演奏で、僕のソロを追ってきてくれて。

あ……なんか……なんか、すごく自由で、気持ちいいぞ……こんな演奏……したことない……さあ、ここも……来てっ。うん、そう！　ああ、いいね……すごくイイよ、圭……じゃあ次は……こう！

ありゃ、ちょっと違ったな……次は来てほしいぞ……うん、そう！　こんどはいい。その調子で……って、おいおい、そう追撃をかけてくるかい⁉　くっそー、主役は僕だ、負けないよっとォ……ふふ、うふふふ、よしよし……よォし。さあ、これでどうだ！

五百四十小節目からの、ソロは全休符に入り第一第二バイオリンが主役を務める部分に入ったところで、僕はふと、オケの音にほころびを感じ、テンポが速過ぎになっていたのに気づいた。

しかし、いまさらスピードを落としたら、せっかくの緊張感がふにゃける。

チラッと圭に目をやった。

チラッとこちらを見た圭と目が合った。

（なんとかこのまま行って！）

（はいっ）

一瞬のアイコンタクトでの、無理な注文と、受諾。

二十六小節に亘《わた》る、アマチュア団員さん達にはキビシい十六分音符の羅列を、バイオリンパートが必死の疾走でこなしていくようすは、手に汗を握るスリリングさで……でも僕は圭の力量を信じ、みんなのガッツを信じた。

そして、ラスト近くはかなりほころびながらも、全速でのフォルテシモで飛び込んできたオケを、僕の渾身のフォルテシモで受け、ソロとオケとの息の合いぶりを聴かせる掛け合い部分を、圭との二人三脚で疾駆し、そのままの勢いでソロのラストスパート部へと突入して……全員で締めくくる華やかなフィニッシュ！

うん、決まった！

拍手は、圭がフェルマータ付きの四分休符までを振り終えて、タクトを降ろした瞬間にやって来た。

「ブラッボ〜〜〜!!」

という客席からの叫びが続く中で、僕は、圭の押し殺した声でのブラヴォーを聞いた。みんなに向かっての、左手でのガッツポーズを添えての賛辞だ。

ほんとに！　あの難局を、よくぞがんばり抜いてくれました。

僕はバイオリンを降ろし、みなさんに拍手を送るために振り向いた。

僕の全力疾走につき合わせてしまったバイオリンパートの面々は、精も根も使い果たしたという表情でぐんなりとなってしまっていて、でもそれぞれの顔色は、やり遂げた安堵《あんど》と満足感を浮かべていた。

圭が大きく腕を振ってみんなを立ち上がらせると、会場からの拍手は倍増しにボリュームアップし、僕はうれしさに破顔した。

オケがついて来られないようなテンポを出してしまったのは、僕の失敗で、思えば乱暴なほど粗削りなチャイコンをやってしまったみたいだけど、僕はいまいい気分だし、お客さん達も喜んでくれてるから、いいんだ。

圭が僕へと向けてくれた拍手を、最敬礼で受け取り、圭が受け取った拍手には僕も参加して、ステージを下がった。

「ごめんねェ、ついつっ走っちゃって」

「あと二小節長かったら、完全に崩壊してしまったと思いますが、どうにか持ちこたえてもらえました」

「うん、みんなすごかったよ。練習した以上の力を出してくれちゃってさ」

そして拍手はまだ止まない。

「もういっぺん出る？」

「きみの判断に任せます。僕のコン・マスはやはりきみだ」

「はは、うれしいけど、それじゃ五十嵐くんがかわいそうだよ。

ええと、出ようか」

「はい」

どうぞお先に、と仕草でうながされて、ステージに戻った。

僕がおじぎをし、圭もおじぎをし、それから圭が団員さん達を立たせて、僕達も拍手を送り。

「アンコール、アンコール！」

という声が客席から飛んできて、賛成の拍手がワッと鳴った。

僕は圭に目で意見を求め、圭はさっとみんなを見渡してから、五十嵐くんとのアイコンタクトをやり、五十嵐くんは（もちろん！）という顔でうなずいた。

じゃあ僕は椅子《いす》を取って来よう。

いったん袖《そで》に引っ込んで、折り畳み椅子を手に出ていった僕に、客席から笑い声が湧《わ》いた。

ええ、ソリストも楽員の内なんで、セルフサービスなんですよ。

橘さんの隣に椅子を置いて腰を下ろした僕の横を、マイクを手にしたニコちゃんが通っていったのは、恒例の世話人あいさつをやるためだ。

圭が三歩下がって石田さんにセンターを明け渡し、拍手で迎えられたニコちゃんのスピーチが始まった。

《えー、本日はこのようにたくさんのみなさんに足をお運びいただき、下手《へた》の横好きが集まったところから始まりました二丁目楽団としましては、まことに感謝感激の定期演奏会となりました。ご来場いただき、ほんとうにありがとうございました》

深々と頭を下げたニコちゃんを、客席からの温かい拍手が包んだ。

《さて、みなさんすでにご存知のことと思いますが、ここで二つのうれしいご報告をさせていただきます。

一つ目は、前回の定演まではコンサートマスターを務めてくれておりました守村悠季くんが、昨年の日本音楽コンクールでバイオリン部門三位入賞という成績を上げられ、プロ奏者への道を歩み始められたことです》

名前が出たところで立ち上がり、

《おめでとう、守村ちゃん。今後の活躍に期待してますよ》

というニコちゃんの激励に応《こた》える格好で頭を下げた。

拍手に混じって、

「守村センッセー！」

という女の子達の声でのコールが来て、僕が高校で臨採講師をやっていた時の、ほんの半年ばかり面倒を見たブラス部の子達が、今回も駆けつけてくれていたのを知った。

《そして二つ目は、あるいはまだご存じない方も多いかもしれないホットニュースなのですが……先週の今日、入賞者達のガラコンサートが行なわれましたヤーノシュ・フィレンチク……俗に言う『ブダペスト国際指揮者コンクール』で、我らが常任指揮者・桐ノ院圭くんは、初の銀メダルを手に入れられました！》
湧き上がったどよめきと拍手に、圭はにこりともしない澄ました会釈で応え、僕は笑ってしまった。圭自身から賞への感想を聞いてたから、そういう態度の意味がわかってさ。
《ちなみにこの銀メダルは、優勝者なしの実質一位というものでした》
ふたたびのどよめきと倍増しの拍手。
《桐ノ院くん、おめでとう！　フジミ一同、今後のご活躍をおおいに楽しみにしています！》
うん、ほんとほんと。期待してるよ。
まだ続いている拍手の中で、前のほうの列から女の人達がバラバラと立ち上がったと思ったら、圭へのプレゼント志願者達だった。
高校生ぐらいの女の子から五十過ぎの女性まで十数人のファンからの、大小さまざまな花束は、さすがの圭でも一手には受け取れきれなくて、五十嵐くんが介添え役についた。
《以上、二つのうれしいお知らせをもちまして、世話人あいさつとさせていただきます。
お別れの曲は、モーツァルト作曲・フジミ編曲『アイネ・クライネ・ナハトムジーク』です》

ニコちゃんがそう一幕を締めくくってコントラバス席へ行き、圭が指揮台に上がって、タクトを構えた。

僕達は、フジミ流の管弦楽に編曲した、ロマンチックで軽やかなモーツァルトを楽しく演奏し、今年の定演は幕を閉じた。

客席に明かりがつき、終演のアナウンスが流れる中を、ザワザワとお客さん達が立ち上がって行く。

福山先生も席を立っておられるのを見て、僕は取り急ぎごあいさつに向かった。ステージ横のステップから直接客席のフロアに降りて、ステージ下を小走りに急ぎ、階段になっている通路に出ようとされていた先生を捕まえた。

「お忙しいところをわざわざおいでいただきまして、ありがとうございました！」

「うむ。まあ」

先生は、ご機嫌は悪くないらしい仏頂面でジロリと僕を見やられ、

「チャイコンは気持ちよかったか」

とおっしゃった。

僕は一瞬イエス・ノーに迷ったけど、正直に「はい」とお答えした。

「ふむ。そうか、ふむ」

先生は満足そうに鼻を鳴らし、

「横文字のタイトルは箔《はく》になる。出る以上は獲ってみせろ」

なんて、(え?)なことをおっしゃった。そして疑問符は顔に出ていたらしい。

「なんだ、エミリオから聞いてないのか?」

「はい、その……何のことでしょうか」

「向こうのコンクールにエントリーしてあるそうだが」

え……ええっ⁉　うかがってません、全然まったく!

「エミリオの推薦で出る以上、最低でも入賞はせんと格好がつかんぞ。師匠に恥をかかせるなよ、守村」

そして先生は、口を開けても二の句の出なかった僕の肩をポンとたたいて、すたすたと行ってしまわれ……

ええ〜っ⁉　コ、コンクール〜⁉　そそ、そんな、そんなっ!　僕はまだ何も聞いてません〜〜〜!

「相変わらずお人が悪いですね」

というバリトンでのセリフに、ウンウンとうなずきながら(圭っ!)と振り返って、彼のセリフは、僕の後ろに立ってた人に話しかけたものだったのを知った。

「愛弟子《まなでし》の仕事ぶりを見に来てやった恩師への、開口一番がそれかね」

という切り返しで、歳は五十がらみだけど青年の雰囲気のその人が、誰だかわかった。芸大の作曲科講師、南郷忠太先生に違いない。

僕は、自分の背中で南郷先生の退席ルートをふさいでしまっていたのに気づいて、あわてて一歩横へ避けた。

初めてお見かけした南郷先生は、骨が細そうなひょろひょろっとした痩身《そうしん》で、癖でそうなったらしい猫背と、痩《こ》けた頰《ほお》の上にのせた縁なしメガネとが、繊細で気難しい芸術家気質を想像させる方だった。

「おかげさまで生まれて初めて、本番前にアガるという経験をしてしまいましたので、恨み言をもうしあげる権利は充分あると思いますが」

圭がそんなくだけた物言いをしたのに、ちょっと驚いた。内心のことは僕にもあんまり言わない奴《やつ》なのに。

「小心者が五分五分の一八勝負なんか懸けやがるからだろうが」

言いながらツンツンと圭の胸を人差し指でつついて、福山先生とは親しいご関係のようだけど、弟子とのつき合い方は正反対らしい南郷先生は、カカカッと笑った。

「まあ、コンサートの楽しみって言えば、名演奏かアクシデントだからな。足代の分は楽しませてもらったよ」

う……でもやっぱり『福山先生のご友人』だ。皮肉のツボは心得ていらっしゃる……

「守村くん」

と目を向けられて、

「は、はい」

と硬直した。

「あのテンポオーバーがわざとだったなら、満点だったんだがねェ」

「は……」

「そこがきみの最大の弱点だな」

「……い」

「一流になりたきゃ精進より煩悩だ。愛欲でも金銭欲でも権勢欲でも、欲望こそが推進力だよ。悟り澄ました人間になるのは七十過ぎてからでいい」

初対面でいきなり人生訓かと思いながら、

「……はい」

とうなずいた。

僕から主に目を移した南郷先生の横顔が、若い頃はさぞや美青年だったろうと思わせる端正さなのに気がついた。

「例の仕事な、決まったよ」

「ああ、再来年のMHK大河ドラマですか」

「振りたけりゃ推薦しといてやる」

「縛りがきつそうですね」

「来年の後半から再来年の前半までは、国外でのスケジュールは入れられないだろうな。ただし、僕の推薦が通ればの話だ」

圭が断わりたそうな顔をしたんで、（せっかくのお話じゃないか、受けろよっ）とジェスチャーで言ってやった。

大河ドラマの曲ってことは、タイトルバックに流すテーマのほかは、ＢＧＭの録りってことだろうけど、作曲者自身が「振るか」と言ってくださってるんだ。やりたくないなんて返事をしたら大失礼だぞ。

まあ、コンサートの指揮一本に絞りたいって理由なら、ありかもしれないけどさ。

そして圭は、

「事務局が喜びそうな話です」

という曖昧《あいまい》な返事を言った。

それから、

「野心と煩悩とでは、どちらを優先させるべきでしょうか」

なんて聞いてみたりして。

「野心と恋とを秤《はかり》に掛ける、か……」

僕はドキッとなって先生から目を逸《そ》らした。

「そういう大事な選択は、自分の器量でやるもんだろう」

「なるほど」

圭は遠くを見るふりでチラリと僕に視線を送ってきて、言った。

「ご推薦いただければ幸いです」

うん、正解。

「そうか、恋より野心を選ぶか」

先生が交ぜっ返した。

「僕らの間柄はすでに『愛』ですので、野心が妨げになることはありませんから」

うわっ、うわっ、まさかきみ、先生に僕達のことを話してるとか⁉

「内縁関係はつまらんよ。逃げられたらそれっきりでおしまいだ」

じ、じゃないみたいだな。圭に恋人がいることは知ってらっしゃるようだけど、女の人だと思ってるみたいだから。ホッ……

「ところで、バイオリンのソロが入るご予定は？」

という圭の質問に、またドキッとした。

「ソリストの推薦か？」

あ、いや、僕にはまだそんな力は。

「僕が振ることになりましたら、ソリストの選定に発言権を持てるよう、お口添えをいただけるとうれしいのですが」

「覚えとこう」

それが別れのきっかけで、南郷先生は階段通路を上って行かれ、僕達は見送った。

先生がドアの向こうに姿を消し、はあっと何とはないため息が出た。

「悠季？」

「あ、うん、打ち上げだよね。急いで着替えなくちゃ」

「福山先生から何やらハッパをかけられていたようですが」

「うん。コンクールに出させられるらしいんだ、あっちでさ」

「ほう……ロン・チボーか、エリザベートあたりでしょうか？」

「まさか！　冗談じゃないよ。そんなところで入賞しろなんて、逆立ちしたって無理だ」

「日コンでは入賞されたのですから、臆《おく》せず挑戦されてみればいいではありませんか」

「ただ挑戦するだけならね、やってみてもいいけどさ。エミリオ先生の推薦で出る以上は最低でも入賞しろ、なんて絶対命令食らっちゃ、予選前に確実に胃は穴だらけだよ」

「なるほど、そういうハッパ掛けでしたか」

圭はそれを笑って言い、僕はムッとした。

「笑い事じゃないよ。もしも話がほんとうなら、僕は、自分の腕試しプラス、エミリオ先生のご名誉と福山先生の睨《にら》みって三重苦を背負って出場するんだぜ？　あ……だめだ、考えただけで胃がシクシクしてきた」

「だいじょうぶですよ」

と、圭は気楽な調子で言ってくれた。

「きみはプレッシャーには強い人ですから」

「どこが」

「むしろ適度なプレッシャーがあってこそ、真の実力を発揮されると言いますか」

「まあ、根はけっこうなまけ者だから、プレッシャーでも来ないとエンジンがかからないって面はあるみたいだけどね。

でも、『適度』どころの騒ぎじゃないよ。巨匠エミリオ・ロスマッティの内弟子っていう看板をしょって出るコンクールとなったら、周りからは金メダル候補って見られるだろうから、最低でも銅メダルは獲らなくちゃ格好がつかないし。

……実際には、銅ぐらいじゃ通用しないだろうなァ……金を獲ってあたりまえって調子なら、最低でも銀……？　ううっ……」

言ってるうちにほんとに胃が痛くなってきて、右手で腹を押さえた。

「まあ、コンクールと言っても、大小もレベルもさまざまなものがありますから。具体的なコンクール名は、まだ聞かれていないのでしょう？」

「うん、おっしゃらなかった」

「ロスマッティ氏は、きみのことをたいへん気に入って可愛《かわい》がっておられるのですから、きみを潰《つぶ》してしまうような課題を与えるはずはないと、僕は信じます。

そのハードルを越えようとする努力が、きみの今後への糧となり自信となることを期して課題出しだと、僕は思いますね。

あるいは、本番のステージを踏む場数を稼がせようという意図かもしれませんし。

きみは、努力するのは好きでしょう？」

「まあ……僕みたいな凡才には、それしか手がないしね」

「きみの努力ぶりを凡才の範疇《はんちゅう》に入れてしまうなら、『秀才』という概念は成り立たなくなります」

「あはっ。秀才ってガリ勉の代名詞で、イメージとしてギャグじゃないかい？　ビン底メガネでさ」

「あるいはきみのような人こそが、真の『天才』なのではないかと、僕は近ごろ思っているのですが」

「へっ⁉」

あんまりびっくりしたんで、シャックリみたいな変な声が出てしまった。

「あのねェ……『アバタもエクボ』は光栄だけどさ。そこまで極端に盲目になってもらっちゃうと、『目を覚ませ！』ってぶん殴る必要を感じるよ？」

「それは僕の言いたいセリフです」

　圭はそんなふうに切り返してきた。

「きみはずっと自分のことを『だめ』だと否定し続けて来られましたが、そうした徹底した自己否定にも関わらず、今日のような」

「あっ、コン！　先輩！　もーっ、どこ消えてたんっすかー！」

　五十嵐くんのオクターブうわずった声が、ステージ裏を楽屋に向かいながらの僕らの会話を断ち切った。

　見れば五十嵐くんは、着替えを済ませていつものバンダナ巻きに戻ってる頭はくしゃくしゃで、よっぽどあれこれ走り回っていたらしい。

　そうなんだよ、定演のあとの幹事スタッフは、おしゃべりが止まらない興奮した団員さん達を相手に、牧羊犬みたいに面倒を見て回らなくちゃいけないんだよな。

　だから僕はまず、

「ごめんごめん！」

　とあやまった。

「先生が来られてたんで、あいさつしてたんだ」

「もうマイクロバスは出発させちゃったっすよ。先輩の引き出物とモーニングと、コンの花束は、マイクロに乗せちゃったっすから」

「ああ、サンキュ、助かるよ。打ち上げはいつもの『ガランドー』だったよね？　もうみんな出た？」

「ほぼっす」

「急いで着替えて追いかけるから、先に行っててていいよ」

ステージのほうから、川島さんの声が五十嵐くんを呼んだ。

「お花運ぶの手伝ってー！」

ステージを飾ったスタンド花を、みんなに配るために、ばらして新聞紙でくるんで打ち上げ会場まで持って行く作業だ。

「はーい！」

と答えて行きかけたのを、圭と五十嵐くんに前後から阻止された。

「僕らは着替えをしませんと」

「先輩達が済まないと、楽屋閉めらんないっすから！」

「あ、うん。ごめんね、何にも手伝いできなくって」

「ソリストはふんぞり返っててくださいっすよ」

「あはは、貧乏性の僕にそれは無理だ」

ともかく楽屋に戻って、バイオリンをケースにしまい、スワローテールの上着を脱いだところで、どっと疲れを感じた。

ボウタイを解いていた圭が、眉《まゆ》をひそめている調子で「悠季？」と呼んできたけど、返事をする元気もなくソファに沈み込んだ。

「悠季？　だいじょうぶですか？」

「うん……なんか、疲れたァ……」

メガネを外して、ソファの背もたれに頭をのせた。ああ、ヤバいな、こんなことしたら寝ちゃいそうだ。

「打ち上げはパスされますか？」

「……そういうわけにはいかないさ。すぐツブれちゃうかもしれないけど」

「背負って帰るのはかまいませんが、名古屋までの往復とあのソロをこなしたあとです。打ち上げは欠席されても、誰も」

「出来はどうだったのかな」

「は？」

「だからさ、……はは、聞くまでもないよな。オケのことを忘れるなんて失敗をやらかしといてさ」

「ソロのことでしたら、僕はたいへん満足していますよ。あれこれ振り回していただきまして、かなり冷や汗はかきましたが」

「まーたまた、この褒め殺し大王が。澄ました顔で振ってたくせに」

やり返したところへノックの音がして、五十嵐くんが顔を出した。

「あのー、そろそろ閉めたいんっすけど」

「ええ、出ます」

圭が答えて、僕が脱いだ上着をドレスバッグに詰め込みながら言った。

「もうこのままの服装で出ましょう」

「あー……うん」

どうにもかったるかったんで、そう返事をしてしまった。

「荷物は僕が持ちますので」

そんなわけで、僕らは側章付きのズボンに白ベストという格好で、タクシーに乗り込むことになったのだった。

車が走り出してすぐ、

「先ほどの続きですが」

と圭が話しかけてきた。

「ん？　なんだっけ？」

「今夜のきみのソロは、新境地をひらいていました」

「……うっそ。どこいらが？」

「本来のきみが、表にあらわれてきたと言いますか」

「……そうかなァ」

「ただ……」

「ん？」

「いえ、なんでもありません」

「なんだよ、言ってくれよ。気になるだろ？」

「気にしないでいいです。悪いことではありませんので」

「ますます気になるっ」

でも圭が口を割る前に、タクシーはガランドーに着いてしまった。

「あ、桐ノ院さん、守村さん！　お疲れ様でした〜！」

「五十嵐くん達もやがて到着されるはずですので」

「やーやー、お疲れお疲れ！　ささ、こっちこっち」

う〜ん、ベストが暑いや。脱ごう。ええと、バッグはどこだ？

ドレスバッグにベストをしまってたところへ、富田さんがニコニコと声をかけて来た。

「今夜のソロ、都留島も褒めとりましたよ。イタリアへいらした甲斐があったですなァ」

「あは、どうも。おかげさまで」

「あ、五十嵐コン・マスのご到着ー！」

「えっ、な、なんですか？　この拍手は」

「はいはい、後片付けお疲れ様、座って座って！」

全員がそろったところで始まった打ち上げの、世話人あいさつの中で、ニコちゃんは今回の定演を「大成功だった」と言い、僕の演奏を「また一皮剝《む》けた」ウンヌンと評した。

圭は講評をふくめたあいさつの中で、「あのソロに振り切られずに演奏を全うした、諸君の進歩ぶりに驚かされた」という言い方で、僕の演奏を肯定した。

そして僕は……あきらかに未完成で未熟な出来だったに違いないのに、気持ちよかった印象しか頭に残っていない。

フジミの力量を無視したテンポアップで、あやうく収拾のつかない大失敗になるところだったあの場面を思い返してみても、圭とみんなが必死の踏ん張りであの難局を乗り越えてくれた時のうれしさがよみがえるばかりで、ちっとも反省モードに切り替わらない。

くたくたに疲れてて、どうしようもなく眠たくなっちゃってるからかな……僕いま、ちゃんと頭が働いてないだろうな……とにもかくにも『終わった』ってことでホッとしきっちゃってて、ほかのことは考えられないんだな……あ〜あ、ヤワな奴《やつ》……

「あら、ちょっと守村さん？　寝ちゃったの？」

川島さんの声に、テーブルの上で腕を枕《まくら》にしてうとうとしちゃってた僕は、（起きてますよ

～）と思った。

「どうやら、つぶれましたね」

ん～……まだだいじょうぶだよ、圭、僕は起きてる……

「ハードスケジュールだったんだもんねェ」

……ええ、石田さん、まったく……

「あ、寝ちゃったっすか？　先輩」

「きゃ～ん、なんかおなかいっぱいの赤ちゃんみたいな、幸せそうな寝顔ですね～」

春山さ～ん、その言い方は……

「あんなに思いっきりな守村さんって、初めてだったもの。気持ちよかったんでしょ」

「ほ～んと、思いっきりって感じでしたよね～、あのソロ。《雨の歌》の時の、ストイックって感じの音色もすっごくよかったですけどォ、今夜の演奏はゾクゾクしましたァ」

「私はかなりハラハラもしたけど？」

「あ～、あそこはですね～、キビシかったですゥ。さすがの桐ノ院さんが、おでこに汗かいてらっしゃいましたしィ」

「俺《おれ》なんか歯ァ食いしばりっぱなしで、まだ顎《あご》痛いっすよ」

僕の両隣とテーブル越しに集まって、小声でしゃべってる五人の声を、僕は覚醒《かくせい》とうたた寝の境目にいる感じで耳にしていた。

「あれよね、手綱が放れちゃった感じ？　でも、あの走りっぷりをやりたかったのよね、守村さんは」

「そういえばァ、最初の合わせ練習の時にはアレでしたよね〜。そっかァ、それを考えてェ、もっと速いテンポで練習しとけばよかったんですよね〜」

「ボク達のレベルに合わせて、我慢してくれてたんだよねェ、守村ちゃんは。今回のチャイコンだけじゃなく、もうずうっとさ」

「それがプチッとキレたんっすね」

「ええ、諸君の力を見直したことで。あの時、僕は一瞬、睨《にら》まれたのですよ。（フジミはやれる、だからこのテンポのままで！）と。まるで火を噴くような目の色でした」

「あはは、想像つくっす。守村先輩って、じつは休火山っすよね。ふだんはふつうの山のふりしてて、中はマグマなんっす」

「その、じつは情熱家な面が、今夜は音に出てたわねェ。化けたって感じで」

「それ言うんなら、やっと本音を出した、っしょー」

「っていうかァ、ずうっと隠してたホントのご自分を見せてくれた、っていう感じじゃないですかァ？　私、そんなふうに思いましたァ。

　三楽章のあそこだけじゃなくってェ、今夜はいろんな守村さんを見ちゃった感じですよォ」

「お、なんだなんだ、ソロの悪口か？」

そんなセリフで、飯田さんもおしゃべりにくわわってきた。

「殿下の鼻面を引きまわそうとは、守さんもいっぱしのソリスト根性を見せるようになったもんだぜ。なあ、殿下？」

「ええ、まあ」

「なァんて気取ってやがると、バラすぜェ」

「なにをです？」

「まじめ一方の爽《さわ》やか系チャイコと思ってたら、ウッフンてェぐあいにしなだれかかられたり、『ホホホ、捕まえてごらんなさ〜い』調に逃げてみせられたりで、かーなーりーやられてただろうが」

うっ……僕、そんなこと……あは、したか。

「なんのことでしょうか」

「へっへっへ。おい、元気か、殿下！　飲んでるかァ!?」

「はいはい、飲んでますよ」

「それにしてもよォ、……おい、聞こえてねェだろうな」

聞いてますけどォ？　さっきから全部……ただ、眠くって目が開かなくって……

「しっかり寝込んじゃってるっすよ。かんっぺき沈没」

おいおい、五十嵐くん、いいかげんなこと……

「それにしても、化け始めた奴ってェのは、見てて面白ェね。まァだまだ本領発揮までァ行ってねェが、変なとこへハマらなきゃ、いいストリッパーになるかもしれねェなあ」

「やだァ、飯田さんったらァ」

「なんだよ春ちゃん、ソロ演奏家つったら、脱げなきゃ勝負になんねェんだぜ？　おつに澄ましたおキレイな建前だけで、客の気持ちが引っぱれるかよ。

そういう顔で勝負かけてる奴もいるけどな、ポーカーフェイスなのはツラだけで、振りは『こうしたいんだ、こうやってくれ！』ってな自己主張のぶん回しだ。

な〜あ、殿下？」

「おや、僕のことでしたか」

「けっけっけ、まあ飲めっ！」

そのあともおしゃべりは続いていたけど、ディオニソス的だの芸術原理だのって、酔っ払ってる頭には堅い話になってっちゃって、ついて行けなくなったところで眠っちゃったらしい。

ドワッという酔っ払った笑い声にふと意識を呼び戻されて、いささかたまげた。

僕が休憩してたあいだに、宴会はなにやらすごいことになっていた。

「五十嵐くん、しっかり〜！」

「飯田、負けんなよー！」

「は〜いは〜い、任してくれっすよ！　飯田さんのパンツの色、次で大公開っすよ〜！」

「きゃ〜っ！」

「先輩こそ、覚悟しやがれ」

「あ、ソーレッ、♬野球す〜るなら」

見物人達が大合唱する中、長テーブルの上に上って野球拳《けん》をやってる二人は、すでに上半身は裸だ。

「アウト！　セーフ！　よよいのよい！」

「ギャーッ！」

ジャンケンポンの結果に、
と両手で頭を抱えてかがみ込んだのは、五十嵐くんのほう。女子大生達もふくめた女の人達が笑い転げた。

「よっしゃァッ！　さあコン・マス、脱げ脱げ！」

「いやだ〜！　おムコに行けなくなる〜！」

「勝負は勝負だ！　そらそら、脱ーげ！　脱ーげ！　脱ーげ！」

自分はさっさとテーブルを降りてしまって、手拍子で囃《はや》し立てた飯田さんに、見物の面々も悪ノリの加勢に入り、五十嵐くんピンチ。

「おらおら、こういう時スパッと脱げねェようじゃ、一人前の楽隊にゃなれねェぞォ！」

「ひ〜ん！　そんなら飯田さんが模範を示してくださいっす〜！」

「あーあーわかったわかった、俺がパンツまで剝いてやる」

「キャ〜ッ！」

と女の子達が悲鳴半分の嬌声《きょうせい》を上げ、

「ぎゃーっ！　わ、わかったっす〜！」

とわめいて五十嵐くんはチノパンを脱いだ。

下は派手派手なミッキーマウス柄のトランクスで、五十嵐コン・マスらしさに全員大爆笑。

もっとも、そこは五十嵐くんで、脱いだとたんに開き直り、ボディビルダーのポーズをあれこれやって見せてウケを取り、ヤンヤの喝采《かっさい》と笑い声の中で特設ステージを降りた。

それにしても、フジミの宴会でここまでくだけたのは初めてだ。店は貸し切りとはいえ、いいんだろうか。

「な、なんか、次からうちの予約は断わられそう」

笑いながら、隣にいた圭に危惧《きぐ》を言ってみた。

「そのあたりは石田くんがうまくやるでしょう」

圭は澄ました顔でそう決めつけ、ビールのコップを口に持っていきながらつけくわえた。

「今夜はみなバッコスの民につき、無粋な止め立ては無用ということで」

そしてオペラ『椿姫』の《乾杯の歌》をハミングし始めた。

と思ったら、やおら席から立ち上がって、いきなり朗々と歌い出したもんだ。

歌詞はイタリア語でも、クラシック好きの人達には耳に覚えのある曲だ。たちまちみんなから喝采が湧《わ》き、それから声量のあるバリトンの歌声に聴き入った。

圭はワンフレーズを堂に入った歌いっぷりで披露すると、ツーフレーズ目を歌い出しながら、ひょいと拾い上げたビール瓶を手に、みんなのあいだを回り始めた。

ニコちゃんを立ち上がらせて、持たせたコップにビールを注ぎ、飯田さんにも同じように酌をし、それから五十嵐コン・マス。

そういえばこのアルフレードのアリアは、ヴィオレッタやほかの客達もくわわって最後には合唱になるんだ。

僕と同じようにそうと気づいた、《椿姫》を知ってる団員さん達が立ち上がり、周りの人達もうながして空のコップにはビールを注ぎ合い、誰かが「ララ〜ラララ……」と圭の歌声に唱和し始めた。

みんな歌詞まではわからないし、旋律もうろ覚えながらも、いつしか全員がコーラスにくわわり、隣同士で肩を組み合って揺れ始めて。

僕も、川島さんと五十嵐くんのあいだにはさまれて、ビールのコップを片手に声を合わせた。

いざ杯を挙げ、美酒を飲み干そう……

そんな内容の合唱を、圭のバリトンのリードで「ララ〜」と歌い上げて行くのは楽しく、最後の「かんぱ〜い！」もドンピシャに盛り上がって、拍手。

「いやァ、でかいだけあっていい声してやがるよなァ」

ってのは、飯田さんの賛辞。

「すてきですぅ〜ゥ、桐ノ院さん、すってきですぅ〜ゥ！」

女子大生達だけでなく、古参の女性団員さん達も頰《ほお》を紅潮させて圭に見惚《みと》れ、男連中は参ったという顔でコップを掲げる中。

圭はこちらに戻ってきて、

「乾杯」

と僕のコップにカチリとコップをキスさせた。まるで二人きりの内緒の睦言《むつごと》のように。

僕は圭が酔っているのに気づき、でも僕も酔っていた。

だから、

「うん、乾杯」

と、コップ同士での内緒のキスをお返しした。

ふふ……好きだよ。好きだよォ……

「エエ〜、宴もたけなわっすがァ、そろそろ一次会は締めるお時間となりましたァ！」

五十嵐コン・マスの司会で、飯田さんが音頭を取っての、定演の成功を祝いフジミの発展を祈る三本締めが行なわれ、宴は跳ねた。

「家まで歩けますか？」

「うん、僕はだいじょうぶ。ええと、荷物はァ」

「僕が持ちますので、きみはバイオリンを」

「ドレスバッグ三つなんて重たいよ」

「だいじょうぶです。おっと、まだ引き出物袋もありましたね」

「いいよ、持つ持つ！」

「いえ。カマボコは消費しましたので、だいぶ軽くなりましたから」

そんなことをやっていた後ろから、新田香寿美さんが声をかけてきた。

「桐ノ院さん、プレゼントのお花もありますよ！」

圭は振り返り、（ファンの方達には失礼な）どうでもよさそうな口調で言った。

「諸君で分けていただけませんか。明後日には僕らは向こうに戻りますから」

「じゃあ、お好きなの一つだけでも。このバラはどう？　お部屋に下げとくとドライフラワーになるわよ」

「では、そちらのユリの束をいただきます」

「は〜い。あ、でも持てます？」

「あ、僕が持ってきます」

「よろしいですか？」

「うん、片手は空いてるから」

十数個のプレゼントの中から一つだけ選ばれた、幸運な花束を抱えて、ドアを出ようとしたところで、五十嵐くんが追いすがってきた。

「あ、先輩、コン！　二次会はっ」

「僕らはこれで帰ります」

「えーっ、女の子達、がっかりするっすー！　みんなまだ先輩達と飲みたいって」

「だから、です」

「ぶっ！　あは、そっすかそっすか、へいへい」

ちょっと、なんだよ、いまの会話はァ。

「お疲れさんっした！　スッゲやり甲斐《がい》あったコンチェルトで、盛り上がりまくりの打ち上げで、いい定演だったっす！」

「うん、楽しかった。また来年もやろうね」

「はいっ！　楽しみしてるっす！」

定演前のしょんぼりしていた顔はどこへやらといったようすで、元気に答えた五十嵐くんの後ろから、飯田さんが顔を出した。

「よう、お二人さんは二次会はパスか？」

「はい。すいません」

「ま、今夜はそのふくれっ面の殿下の面倒を見てやってくれや」

「ええ？　あははは」

酔っ払ってたニブさでドキンともしないで頭をかいた僕から、圭に視線を移して、飯田さんが言った。

「そう腐るなって。おまえさんの見込んだ奴《やつ》が、見込みどおりに頭角を現わしてきたんだ。ベッドを出りゃ角突き合うライバルってェのも、刺激的でいいじゃねェか」

からかい口調の締めくくりに、ポンと圭の肩をたたき、

「あっちで延原《のべはら》を見かけたら、よろしく言っといてくれや」

と言い置いて、二次会へ行く組のほうへ歩いていった。

「あ……え……？　ええと、いま飯田さん、なんて……」

「酔っ払いのたわごとです」

「あは、ははは、だよね」

「さて、帰りましょう」

「うん」

僕らは、雨が近づいているらしい生温かく湿った夜気の中を、肩を並べて歩き出し、歩いて

いるうちに最後の乾杯の酔いがまわってきた僕は、飯田さんが言ったことを忘れた。

圭が飯田さんにわかったほど腐ってふくれっ面だってことや、もっと重要な僕らへの忠告だった「ベッドを出たらライバル」うんぬんという指摘も忘れ……定演っていうけっこう気に病んでた一山を越えて、ふわふわと浮かれた気持ちは、セクシャルな快感が欲しい気分へと流れていき……

僕達の家の門を入ったところで、言ってみたくなった。

「圭」

「はい？」

「キスしたい」

「……喜んで」

すりガラス製の丸い門灯が作る明るみから外れたあたりで、僕は荷物を足許《あしもと》に下ろした圭の腕に抱かれ、欲しかった熱いキスを手に入れた。

でもキスだけじゃ足りない。

「圭、好きだよ……好き、好きっ……」

「悠季、悠季、たいへん光栄ですが、続きは家の中でにしませんか。ここは藪蚊《やぶか》が」

「うっ、ほんと。家に入ろ」

「ええ。僕の悠季……」

家の中に入ったところで、光一郎さんへの帰宅のあいさつと、チュッというただいまのキスをかわし、花束があるんで台所へ行った。バイオリンケースをテーブルの上に置いて、花は流しの洗い桶《おけ》に突っ込んで、あらためて圭の腕に抱かれた。

「なんかさ、いろいろ反省しなくちゃいけないことがあるはずなのに、頭はすっかりオフ気分でさ。いいよね、今夜はもう音楽のことは忘れても」

圭の、褪《あ》せてかすかになっているコロンの匂《にお》いに浸りながら、僕はそんなふうに甘ったれた。

そして圭は、

「ええ。ぜひとも反省していただきたいことはありますが、きみしだいで帳消しにしてもけっこうですよ」

なんて言ってきた。

「う……僕、あの失敗以外にも何かやった?」

圭は僕の耳元で聞こえよがしにため息をついてみせ、

「ええ、自覚しておられないのはわかっていましたよ」

とコメントした。

「あ～……どこらへん? 二楽章……かな」

「いえ、本番前の楽屋で」

「へ?」

「玉城医師の前で、ドレスシャツ一枚で歩き回るなどという、たいそう気の揉《も》めるふるまいを」

「ぷっ、なんだよ、それェ。まあ、たしかに行儀が悪かったね。反省するよ」

「ご存知ですか？　こうした裾《すそ》の長いシャツというのは、本来、下着を兼ねていまして」

言いながら圭は、僕の肩からサスペンダーを外し、ウエストがゆるゆるのズボンはするっと落ちて足許にたぐまった。

「え……」

「スタイルどおりの衣習慣を踏襲するなら、この下には何も穿《は》きません」

「そうなの」

「はい。ですので、脱ぎましょう」

「ええっ？　うふふ、変な理屈」

でも圭はさっさとひざまずいて、ブリーフを脱がせようとして来たんで、

「自分でするよ」

と抗議した。

「ええと、部屋に行ってから」

「ここで脱いだほうが洗濯機に近いです」

「もうっ、スケベ」

「なんとでも。足を上げてください」

「やだなァ」

「靴下も脱ぎましょう」

「わかった、するから。ついでに足洗ってくる」

「シャツはそのままですよ」

「もう、なに考えてるんだよ」

「セクシーなきみのシャツ姿を」

「聞いた僕が馬鹿だったっ」

「コーヒーでもいかがです。少々喉《のど》が乾きました」

「うん、そうね。飲もうか」

たがいにセクシャルな気分を感じながらのそんな会話は、焦らしの駆け引きめいていて、僕は石けんを使って足の指のあいだもきれいにして台所に戻った。

もう豆は挽《ひ》き終えてコーヒーサイフォンをガスレンジにかけてた圭は、燕尾服《えんびふく》のズボンと襟元をくつろげた白シャツっていう姿が、いかにも演奏会後の音楽家のくつろぎ風景って感じで、やたらとセクシーに見えた。

それに比べて僕は、ノーパンの裸足で、シャツの裾が尻《しり》の下ぐらいまであるけど、なんかエッチ臭い格好。

「すみません。カップを用意していただけますか」

と声をかけられて、

「うん」

と食器棚の前に行った。

「ああ、それではなくて、その上の棚の箱入りのをお願いします」

「うん。あれ、新しく買った？」

言われた棚に載っている箱には、どうも見覚えがないようだ。

「ウィーンの骨董品《こっとうひん》屋で見つけたマイセンです」

「わあ、なんか高そう」

「おそらく貴族の特注物だった品だと思いますよ。裏に紋章が入っていますので」

「じゃあ壊したらたいへん」

なので、背伸びして取るのはやめて椅子《いす》を使うことにした。

「六脚揃《ぞろ》いでしたので、ウィーンのアパートとローマの家とここに、二つずつ置くことにしました」

馥郁《ふくいく》としたコーヒーの香りが漂い始め、僕は（う～ん、いい匂い）と思いながら椅子の上に立ち、棚から取った箱を抱えて振り向いた。

圭に箱を受け取ってもらおうと思ったんだけど、おかげで、わざわざ高いところにある品物を指定した圭の悪だくみを知ってしまった。

「……見てたな」

と睨《にら》んでやった。

「カップをいただきましょう」

と圭はとぼけた。

あっそ。そういう態度なら、こっちにだって考えがあるぞ。化粧紙のぐあいも古びていい感じの箱を圭に渡すと、僕は、女の子の超ミニぐらいの裾丈と圭の視線を意識しながら、わざとゆっくりと床に下りた。

「カップ、洗わないといけないよね」

「あ、ええ」

「コーヒー、煮過ぎてない？」

「あ、はい」

カップは紙にくるんで入れてあったので、破らないように包みを解いて、イタズラ心がそそのかすままに、紙を床に落とした。

「おっと、これはしまう時に使うよな」

とか言いつつ、前屈して包み紙を拾い取った。

圭を振り向き、見てた証拠に目を逸《そ》らしたポーカーフェイスに向かって、

「エッチ」

と告発してやった。

圭はすぐさま僕を捕まえに来て、その言い分は、

「からかいましたね」

「なんのこと？」

と、とぼけてやった。

「いけない人ですね。清純なきみが、小悪魔のまね事など」

「いつ僕がそんなことを？」

「それがどんなに危険な行為か、教えてあげます」

「えっ？　ちょっと、コーヒーは⁉」

「あとです！」

サカリのついたケンタウロスよろしく躍りかかってきた圭は、僕をさらい上げてテーブルに載せると、抗議する暇もなかった素早さで僕の両脚を抱え上げ、いきなりアナルに舌をねじ込んできた。

「やっ、やだ！」

「なぜです？　ここをこうしてほしいから、このように支度してあるのでしょう？　石けんの匂いがしますよ」

「ばかっ」

そのあいだにも圭は、嘗《な》めて濡《ぬ》らしたそこに指を入れてきて、ンッと喉が鳴った。

「おやおや、中まで洗ったんですね」

「そ、そんなことしてないっ」

「しかし、このように石けんのぬめりが……いや、違いました。このまったりと甘いのは、きみの愛液の匂いだ」

「圭っ！」

真っ赤になって怒鳴ったけど、

「はい？」

なんてカエルの顔に水で、

「き、きみって意地悪だっ」

と喘《あえ》いだ。だって、圭の指ったら……

「やだ、そこ、うっ、あっ、あうん！　イ、イッちゃうよォ」

「それはいけません」

圭はズボンは脱がずに前立てを開け、はじけ出てきた怒張の穂先を僕にあてがった。

「や、だめだよ、ズボンが汚れ、あ、ああ〜っ！　あっ、あっ、ああっ」

ヌッヌッと押し入れてきて、恥毛が触る根元まで僕の中に収めてしまってから、圭は、

「ズボンがどうかしましたか？」

なんて聞いてきた。落ち着き払った声でさ。僕は、圭の太いのが奥まで入ってる感じがすごくって、

「し、知らないよっ。ク、クリーニング屋にはきみが持ってけよっ」

とやり返した声もうわずってしまって。

「いつもそうしていると思いますが？」

「あ、も、もう、早く、早く動いてっ」

「いきなりアレグロをご所望《しょもう》ですか？　泣いても知りませんよ」

「そ、そんなこと言ってな」

でも言い終える前に、圭は急速なテンポでの突きを開始してしまって。奥まで来てるソレで小刻みに突き揺さぶられる快感は、ほんとに僕を泣かせてしまって、

「あっあっあっあっ、やっやっ、ああんっ」

「イイですか？　悠季、イイ？」

「や、やだ、だめっ、か、感じ、過ぎっ」

「素敵ですよ、悠季、とてもイイ。このクラシックな寝巻きのようなシャツ姿は、きみの色香を引き立て、たいへんそそります」

「ああっ！　イク、イッちゃう、抱いてっ」

その瞬間、圭のシャツやズボンを汚しちゃう心配を思いついたけど、もう後の祭り。覆いかぶさって抱きしめてくれた圭が体を起こした時、黒いシルクのズボンには、僕がほとばしらせたしたたりが、カタツムリの這《は》った跡みたいな銀色にぬめる染みになっていて……赤面した。なんか、すごく……それ自体の卑猥《ひわい》さがズクンと体に来ちゃう感じでさ。

テーブルの上で半身を起こしてハアハア喘ぎながら、そんなことを思ってた僕に、圭がぺろりと嘗めた唇で言った。

「続きもここで？　それとも、ベッドに行きますか？」

僕は、まだ脚を広げっぱなしだったのに気がついて、できれば圭の目を盗みたい心地《ここち》で膝《ひざ》を閉じた。

そんな僕の、恥ずかしくって目を伏せてる耳元に口を寄せて、圭がヒソヒソと言った。

「妻という名のパートナーの理想を『昼間は淑女で、夜は娼婦《しょうふ》』と称したのが誰か、僕は浅学にして知りませんが……かつ、このたとえを用いることで、きみに『男の自分を女性扱いするのか』といった不快感を与えてしまうならば、まことに心外ですが……

僕の淫乱《いんらん》ぶりにつき合える淫奔《いんぽん》さを体では示しながらも、いまだに処女のような羞恥心《しゅうちしん》を手放さないきみは、男という男が夢見る理想のセックスパートナーの具現ですよ。

しかも僕らのパートナーシップは、世間一般の恋人や夫婦といった仲よりもずっと緻密《ちみつ》で、公私共に深く絡み合い、連理《れんり》の樹木のように分かちがたく直接し合っている。そうでしょう？」

「うん……」

と僕はうなずいた。

「愛してるし、尊敬してるよ。恋人としてのきみも、指揮者としてのきみも、すごく……たまらなく好きだよっ」

「僕もです！　ああっ、悠季、僕の悠季！　恋人としてのきみも、バイオリニストとしてのきみも、僕にとっては唯一無二の絶対的な存在だっ」

抱きついて来た圭とキスして、テーブルから降りさせてもらって、あらためて抱き合ってキスして……

手に手を取って上がった二階のベッドルームでの第二ラウンドは、我が身が惜しけりゃ本気にさせちゃいけなかった、圭の絶倫ぶりを思い知らされたぐあいで……

イカされまくってバテバテの、なかば失神しかけてた状態で、その提案を聞いた。

「……え？　……写真？」

「はい。オートタイマー付きカメラですし、三脚もあります」

「それって……もしかして、いま撮るってこと？」

「はい、よろしければ」

「あの……こ、この格好のまんま、ここで撮ろうとかっていうんじゃ……ないよね？」

「じつは」

「ええっ⁉　や、やだよ、そんなの！」

「誰にも見せませんので」

「あたりまえ！　でも、写真屋に現像に出したら見られちゃうじゃないか！」

「では、現像には出しません」

「だったら撮る意味ないじゃないか」

「僕が自分で現像します」

「え、できるの？」

「知り合いに手ほどきを頼み、機材も借りて、自分でします」

「ぷっ、それって、いまから勉強するってわけじゃないか」

「納得いただいたようですので、撮影準備をします」

「えっ⁉　嘘《うそ》！　納得なんかしてないぞ！」

でも圭は、さっさとカメラを準備してしまい、いやがる僕を捕まえて、無理やりベッドでの裸のツーショットを写してしまって。

「もうっ！　やだって言ったのに！」

「ええ、いまのはきみが横を向いていましたし、毛布を蹴《け》り上げた瞬間にシャッターが落ちたような気がします。喧嘩《けんか》の最中のようなショットになってしまったと思いますので、もう一枚」

「い・や・だ」

「では、きみだけ撮ります」

「本気で怒るぞっ！」

「もう一枚は撮りました。毒を食らわば皿までですよ」

「あ〜の〜ね〜っ！」

かなりカンカンな気分で睨《にら》みつけた僕に、圭がふっと目を伏せて、言った。

「イタリアへ戻れば、僕らはまた会うに会えない日々を送ることになるのですよ」

「あ……」

「ですから、きみとの睦《むつ》まじい写真を、心のなぐさめのために秘蔵しておきたいと思ったのですが」

ちらっと（これって泣き落としってやつか？）とは思ったけど、

「う……わ、わかったよ」

そんなわけで僕らは、ベッドに並んで座った格好で（腰から下は毛布で隠してだ、もちろん！）何枚かの写真を撮り、調子に乗った圭の注文で、僕だけの写真も撮らせてやり。だったら僕だって欲しいって気になって、圭のヌード写真も撮っちゃったりして……

「……きみさ、これ、知り合いの人のところへ現像させてもらいに行くんだよね」

「ええ」

「写ってる中身は内緒だぞ！　誰にも絶対ゼッタイ絶対極秘の、僕ら二人だけの秘密だからな！」

「むろんです」

圭はきっぱりと約束してくれた。

「あ、でもさ、現像の勉強からするんなら、今回は間に合わないね。明日一日じゃ、どうにもならないんじゃない？」

「いや、そんなことはないと思いますよ」

「そう？　だって現像ってむずかしいみたいだぞ。薬品を調合したりだの、いろいろさ」

「やり方しだいです」

……そして圭は、まんまと翌日、仕上がりプリントを手に入れていた。

っていうのが、僕はてっきり手焼きをやるんだとばっかり思ってたんだけど、圭が使った手っていうのは、スピード現像をやるDPEショップへ行って、顔見知りらしい店長と裏取引をやり、素人店員でも使えるオートの現像機の使い方を教わって、『自分で現像する』というもので……

僕は圭って奴《やつ》の知略（？）縦横さにあらためて呆《あき》れ返り、圭はご機嫌で、僕のと二人分の秘密アルバムを作った。

「こちらがきみの分です」

「う、うん」

でもこんなの、きっと当分は開けて見られないぞと思いながら受け取った。

「お願いがあるのですが」

「うん、なに?」

「ここにきみの署名がいただきたいのですが」

「ええ~? ……僕のにもサインする?」

「喜んで」

「……じゃ、いいよ。どこへだって?」

「このあたりに。よろしければ『I love Kei』と添えていただけますなら、さらに喜ばし」

思わずバシッと頭をひっぱたいちゃったら、しゃべりかけだった圭は舌を噛《か》んじゃって、でも自業自得だよ! ああ、もうっ! なんだってきみは、そう臆面《おくめん》もなく恥ずかしいことを!

でも、奴がるんるんの顔で、サインと一緒に僕の分のアルバムに書きつけた一言は、もっと恥ずかしかった。

なにせ『悠季、My love』……ってんだから! それも二人で写ってるやつに!

きっと何十年たっても、僕はこれを見ちゃうたんびに激しく赤面するに違いない!

あーもうっ、もう、もう！　も〜〜っ！　なんて臆面もなく恥ずかしい奴〜っ!!

あとがき

こんにちは、秋月です。

今回はまず「ごめんなさい！」から始めなくっちゃなりません。

何をしくじったかといいますと、前巻『アポロンの懊悩《おうのう》』のあとがきで申しあげた発刊予定と、ぜんぜん話が違っちゃったこと！

あの時書いた「春に外伝集」という予定を楽しみに、書店さんを探してくださったみなさん、たいへんもうしわけありませんでした。発行時期は遅れるし、しかも本編が先に来たということで、（どうなってるの？）と首をかしげておられる方も多いでしょうし、あるいは（また秋月が鬼の霍乱《かくらん》か⁉）とご心配くださった方もあるかもしれません。

「予定は未定ってことよ」と太っ腹に構えて、お待ちくださったみなさん、理由はお考えのとおりで正解です。単に角川書店さんのほうの刊行スケジュールに変更が生じたということで……ホームページでは、変更になった時点でお知らせをしたはずですが、うっ？……修羅場ってたころに入ったニュースだったんで、ヘルパーIさんに伝えそこなったかも⁉

相変わらずパソコンには馬鹿にされ、自分のHPもろくに覗《のぞ》けない秋月です。（いただいた

メールは、Iさんがプリントアウトしてくれるので、全部きっちり拝読できていますが）

ちなみに先発後発が逆になりました外伝集のほうは、12月1日ごろ刊行の予定ですので、これに懲りずにどうかよろしくお願いいたします。

さて、フジミは音楽家カップルの物語なのに、いつもほとんど音楽の話をしないので、今回はそのあたりを話題にしてみましょうか。

時々お手紙の中でご質問がある、「書いている時のBGMはなんですか？」へのお答えをしますと、ほぼ百パーセント、クラシックです。

ほぼ……というのは、時々は別のものを流してみることもあるからで、このあいだは、かつて狂ってました『KEEL』（USA）や『E・Z・O』（JAP）のテープをかけてみたんですが、歳食ったせいでしょう、聴いてるうちにうるさくなってしまってだめだった……。（KEELもE・Z・Oも知らない方が多いと思う。ハードロックのバンドで、そうブレイクもしなかったし消えたのも早かったと思います。でも好きだったのよ〜。ラウドネスやアンセムも好きでしたが、久しぶりに聴こうとしたらテープがおしゃかになってました。なにしろ十年以上も昔の話）

でもって、クラシックは「どんな曲を？」といいますと、その時々のマイブーム（これっていまはもう死語？　でも使っちゃう）にしたがいまして、かなり特定の曲だけを流しっぱなしに聴きます。

うちのCDプレイヤーは、五枚までのCDを連続再生できるシステムなんで、気に入っている盤を五枚セットして、スイッチを入れたら、あとは自動チェンジで流しておきます。

うーんと以前のあとがきで書いた気がしますが、執筆中は集中すればするほど、CDをかけていても耳に入らなくなるんで、ただ流しているだけで聴いてない時も多いんですけどね。でも最近は、けっこうBGMをかけてます。これも、月日とともに変わっていく人の変化？

いまプレイヤーに入っているのは、スラヴァ（カウンターテノール歌手）の『オッティモ』というアルバムと、フランチェスカッティ（イタリアの名バイオリニスト）のバッハの『ヴァイオリン協奏曲』三曲入り、ポリーニ（ピアノの巨匠）演奏のショパン『エチュード』全曲、おなじくベートーベンの『ソナタ集』（『ワルトシュタイン』ほか）、それに市原太朗（オペラ歌手＝コロラトゥーラ・テノール）の『イタリア歌曲を歌う』です。

ちょっと前まではフランチェスカッティ演奏の、ヴィターリの『シャコンヌ』が「よくってよくって、なにしろよくって」聴きまくってました。

こういうマイブームの曲っていうのは、どんなに執筆に集中してても耳に入ってくるから不思議です。その曲の中でも特に好きなフレーズというのは、ちょっと一休み中で寝てても聴こえます。それも、聴き飽きるまで聴いてブームは去ったあとでも。

そうした寝ていても耳が拾い込むほど聴き込んだ曲というと、ショパンのピアノエチュードの中の『木枯らし』、ブラームスの『弦楽六重奏曲一番』の第一・第二楽章、バッハの『無伴奏ヴァイオリンのためのソナタとパルティータ』の中の何曲かや、パッヘルベルの『カノン』などがあります。最近加わった、ベートーベンの『ワルトシュタイン』もそうだな。

自分でおもしろいと思うのは、楽器の好みが周期的に変わることとです。たとえば、ピアノの音が「よくってよくって」の時期があるかと思うと、ピアノはどうにもやかましくってだめでヴァイオリンの音しか聴きたくない時期が来たり、ソロの音色では物足りなくってオーケストラの音がヨくなったり。

こうした『好み』の変化はだいたい二、三か月ごとに起こるようで、だから「秋月さんはどんな楽器が好きですか?」とか「どんな曲が?」とか「作曲家では誰?」とか聞かれると、お答えするのにたいへん困ってしまいます。

正確にお答えしようとするなら、これまでの『好き』の遍歴を全部お話ししなくちゃなりませんし、それには、もう忘れちゃってる部分も思い出さないと正確ではないことを言っちゃうふうになりますし、でも年々記憶中枢はボロになってますし。

秋月のこうした移り気は、AB型という混合種の血(＝A型の面もB型の面も合わせ持つ)のなせる業と、蟹座《かにざ》(守護星はシェイクスピアが気移りの象徴として持ち出している『月』……満ち欠けによって一夜ごとに形を変えることがその理由)の生まれという、いわば二重苦を背負った者の宿命というものなんでしょうか? ……蟹座AB型のみなさん、あなたもそう?

しかし、よく考えてみれば、昔からの悩みの一つである私の『移り気』って、振幅のハバは意外と狭くって、問題にするほどのことじゃないのかも……と、いま思いついてしまった。

話題にしている音楽に関することを例に取れば、ポップスやロックや民謡やジャズや民族音楽といったさまざまなジャンルがある中で、自分でCDを買って聴くのは『クラシック』系っていうのは、ここ数年ずっと安定してる傾向だし。その中でも「特に好き」ってふうに浮上してくる曲には、ある種の共通点があるような気もするし。カッコイイと思う男にも……

う〜ん………と考え込むのは、ここまでにしとこう。自己分析っていうのは、面倒くさくって好きじゃないのよっ。

いつか、もしかして、物好きにも『秋月こおの研究』なんてのをやってくださる奇特なお方が現われたら、その分析結果を楽しみに拝読させていただきましょう。しっかりチェック用の赤ペンを握ってね。

おっと、そろそろスペースが尽きそうです。

次の外伝集には、圭《けい》のヤーノシュ・コンクール挑戦に取材者として立ち合い、銀メダル獲得までの顚末《てんまつ》を見守ることになった、某音楽記者の視点による『その青き男』ほかの、本編では書ききれなかった「あの時、じつは……」を明かす物語が収録されてますので、お楽しみに。

それでは、またお会いいたしましょう♥

秋月こお

〈初出誌〉
フジミは踊る「小説ジュネ」2001年1月号、2月号
バッコスの民「小説ジュネ」2001年3月号、4月号

KADOKAWA RUBY BUNKO

バッコスの民《たみ》
富士見二丁目交響楽団シリーズ 第4部
秋月《あきづき》こお

角川ルビー文庫 R23-19　　12038

平成13年7月1日　初版発行

発行者――角川歴彦
発行所――株式会社角川書店
東京都千代田区富士見2-13-3
電話/編集部(03)3238-8697
営業部(03)3238-8521
〒102-8177 振替00130-9-195208
印刷・製本――e―Bookマニュファクチュアリング
装幀者――鈴木洋介

ISBN4-04-434635-6　C0193　定価はカバーに明記してあります。